Un episodio en la vida del pintor viajero

Un episodio en la vida del pintor viajero

CÉSAR AIRA

LITERATURA RANDOM HOUSE

El papel utilizado para la impresión de este libro ha sido fabricado a partir de madera procedente de bosques y plantaciones gestionadas con los más altos estándares ambientales, garantizando una explotación de los recursos sostenible con el medio ambiente y beneficiosa para las personas. Por este motivo, Greenpeace acredita que este libro cumple los requisitos ambientales y sociales necesarios para ser considerado un libro «amigo de los bosques». El proyecto «Libros amigos de los bosques» promueve la conservación y el uso sostenible de los bosques, en especial de los Bosques Primarios, los últimos bosques vírgenes del planeta.

Primera edición en este formato: junio de 2015

© 2000, César Aira
© 2015, de la presente edición en castellano para todo el mundo excepto México:
Penguin Random House Grupo Editorial, S. A. U.
Travessera de Gràcia, 47-49. 08021 Barcelona

Printed in Spain – Impreso en España

ISBN: 978-84-397-1191-3
Depósito legal: B-9659-2015

Compuesto en La Nueva Edimac, S. L.

Impreso en Anzos (Madrid)

GM1191R

Penguin
Random House
Grupo Editorial

En Occidente hubo pocos pintores viajeros realmente buenos. El mejor de los que tenemos noticias y abundante documentación fue el gran Rugendas, que estuvo dos veces en la Argentina; la segunda, en 1847, le dio ocasión de registrar los paisajes y tipos rioplatenses —con tanta abundancia que se calcula en doscientos los cuadros que quedaron en manos de particulares en este rincón del mundo—, y sirvió para desmentir a su amigo y admirador Humboldt, o más bien para una interpretación simplista de la teoría de Humboldt, que había querido restringir el talento del pintor a los excesos orográficos y botánicos del Nuevo Mundo. Pero la desmentida en realidad había tenido un anticipo diez años antes, en la primera visita, breve y dramática, interrumpida por un extraño episodio que marcó de modo irreversible su vida.

Johan Moritz Rugendas nació en la imperial ciudad de Augsburgo el 29 de marzo de 1802, hijo, nieto y bisnieto de prestigiosos pintores de género; un antepasado suyo, Georg Philip Rugendas, fue famoso por sus cuadros de batallas. Los Rugendas habían emigrado de Cataluña (pero la familia tenía orígenes flamencos) en 1608 y se instalaron en Augsburgo en busca de un clima social más favorable a su credo protestante. El primer Rugendas alemán fue relojero artístico; todos los que siguieron fueron pintores. Johan Moritz dio prueba de su vocación desde los cuatro años. Dibujante dotado, se destacó en el taller de Albrecht Adam y luego en la Academia de Arte de Munich. A los diecinueve años se le presentó la oportunidad de viajar a América en la expedición que dirigía el barón Langsdorff y financiaba el zar de Rusia. Su misión era la que cien años después habría cumplido un fotógrafo: documentar gráficamente los hallazgos que hicieran y los paisajes que atravesaran.

En este punto es preciso volver un poco atrás para hacerse una idea más clara del trabajo que iniciaba el joven artista. La historia de la familia no era tan larga como pudo parecer por el párrafo anterior. Su bisabuelo, Georg Philip Rugendas (1666-1742) fue el iniciador de la dinastía de pintores. Lo hizo por haber perdido en su juventud la mano derecha; la mutilación lo incapacitó para el oficio de relojero, que era el tradicional de su familia y para el que se había preparado desde la infancia. Debió aprender a usar la mano izquierda, y manejar con ella lápiz y pincel. Se especializó en la representación de batallas, y tuvo un formidable éxito derivado de la precisión sobrenatural de su dibujo, derivada ésta de su formación de relojero y del uso de la mano izquierda, que al no ser la que habría empleado naturalmente lo obligaba a una metódica deliberación. El contraste exquisito de detallismo congelado en la forma y fragor violento en el tema lo hizo único. Su protector y cliente principal fue Carlos XII de Suecia, el rey guerrero, cuyas batallas pintó siguiendo a los ejércitos desde las nieves hiperbóreas hasta la ardiente Turquía. En su edad madura fue próspero impresor y comerciante de estampas, consecuencia natural de su técnica de documentación bélica. A sus tres hijos, Georg Philip, Johan y Jeremy les dejó en herencia este comercio y la técnica. Hijo del primero de ellos fue Johan Christian (1775-1826), padre de nuestro Rugendas, que cerró el ciclo pintando las batallas de Napoleón, otro rey guerrero.

Pues bien, después de Napoleón se abrió en Europa el «siglo de paz» en el que debió de languidecer necesariamente la rama del oficio en que se había especializado la familia. El joven Johan Moritz, un adolescente en la época de Waterloo, debió reconvertirse sobre la marcha. Del aprendizaje en el taller de Adam, pintor de batallas, pasó a las clases de pintura de la Naturaleza en la Academia de Munich. La «Naturaleza» que podía tener mercado en cuadros y estampas era la exótica y lejana, lo que complementó su vocación artística con la viajera; el rumbo de esta última se lo indicó pronto la oportunidad de la expedición mencionada. En el umbral de los veinte años, se le abría un mundo ya hecho, y también, a la vez, por hacer, más o menos como le sucedió por la misma época al joven Darwin. El Fitzroy de Rugendas fue el barón Georg Heinrich von Langsdorff, que en el curso de la travesía atlántica se reveló «intratable y lunático», al punto que al llegar al Brasil el artista se separó de la expedición, en la que fue reemplazado por otro pintor documentalista de talento, Taunay. Se ahorró con su decisión muchos problemas, porque esa expedición tuvo mal sino: Taunay murió ahogado en el Guaporé, y en medio de la selva Langsdorff perdió la poca razón que tenía. Rugendas, por su parte, al cabo de cuatro años de excursiones y trabajos por las provincias de Río de Janeiro, Minas Gerais, Mato Grosso, Espíritu Santo y Bahía, regresó a Europa y publicó un bello librito ilustrado, el *Viaje pintoresco por el Brasil* (el texto fue redactado por Victor Aimé Huber en base a las notas del pintor), que hizo su fama y lo puso en contacto con el eminente naturalista Alexander von Humboldt, con quien colaboró en algunas publicaciones.

Su segundo y último viaje a América duró dieciséis años, de 1831 a 1847. México, Chile, Perú, otra

vez Brasil, la Argentina, fueron escenario de sus laboriosos desplazamientos, y centenares, miles de cuadros, su resultado. (Su catálogo incompleto enumera 3.353 obras entre óleos, acuarelas y dibujos.) Si bien la etapa más elaborada fue la mexicana, y las selvas y montañas tropicales constituyeron su temática más característica, el objetivo secreto de su largo viaje, que abarcó toda su juventud, fue la Argentina, el vacío misterioso que había en el punto equidistante de los horizontes sobre las llanuras inmensas. Sólo allí, pensaba, podría encontrar el reverso de su arte… Esta peligrosa ilusión lo persiguió toda su vida. Traspuso los umbrales dos veces, la primera en 1837, por el oeste, atravesando la cordillera en camino desde Chile; la segunda en 1847, por el Río de la Plata; fue esta segunda ocasión la más fructífera, pero no salió del radio de Buenos Aires; en la primera, en cambio, se había aventurado hacia el centro soñado, y en realidad llegó a hollarlo por unos instantes, aunque el precio que debió pagar fue exorbitante, como se verá.

Rugendas fue un pintor de género. Su género fue la fisionómica de la Naturaleza, procedimiento inventado por Humboldt. Este gran naturalista fue el padre de una disciplina que en buena medida murió con él: la Erdtheorie, o Physique du Monde, una suerte de geografía artística, captación estética del mundo, ciencia del paisaje. Alexander von Humboldt

(1769-1859) fue un sabio totalizador, quizás el último; lo que pretendía era aprehender el mundo en su totalidad; el camino que le pareció el adecuado para hacerlo fue el visual, con lo que se adhería a una larga tradición. Pero se apartaba de ésta en tanto que no le interesaba la imagen suelta, el «emblema» de conocimiento, sino la suma de imágenes coordinadas en un cuadro abarcador, del cual el «paisaje» era el modelo. El geógrafo artista debía captar la «fisionomía» del paisaje (el concepto lo había tomado de Lavater) mediante sus rasgos característicos, «fisionómicos», que reconocía gracias a un estudio erudito de naturalista. La calculada disposición de elementos fisionómicos en el cuadro transmitía a la sensibilidad del observador una suma de información, no de rasgos aislados sino sistematizados para su captación intuitiva: clima, historia, costumbres, economía, raza, fauna, flora, régimen de lluvias, de vientos… La clave era el «crecimiento natural»: de ahí que el elemento vegetal fuera el que pusiera en primer plano. Y de ahí también que Humboldt buscara sus paisajes fisionómicos en los trópicos, cuya riqueza vegetativa y velocidad de crecimiento era incomparablemente mayor que en Europa. Humboldt vivió largos años en zonas tropicales, de Asia y América, y alentó a hacerlo a los artistas formados en su método. Con lo cual completaba el circuito, ya que apelaba al interés del público europeo por estas regiones aún mal conocidas, y le daba un mercado a la producción de los pintores viajeros.

Humboldt tuvo la mayor admiración por el joven Rugendas, al que calificó de «creador y padre del arte de la presentación pictórica de la fisionomía de la naturaleza», frase que bien habría servido para describirlo a él mismo. Participó con sus consejos en la preparación del segundo y gran viaje rugendiano, y el único punto en que no estuvo de acuerdo fue en la decisión de incluir a la Argentina en el itinerario. No quería que su discípulo gastara esfuerzos por debajo de la franja tropical, y en sus cartas abundaba en recomendaciones de este tenor: «No desperdicie su talento, que consiste sobre todo en dibujar lo realmente excepcional del paisaje, como por ejemplo picos nevados de montañas, la flora tropical de las selvas, grupos individuales de la misma especie de plantas, pero de diferentes edades; filíceas, latanias, palmeras con hojas plumadas, bambúes, cactus cilíndricos, mimosas de flores rojas, inga (con ramas largas y grandes hojas), malváceas con el tamaño de un arbusto con hojas digitales, en especial el árbol de las manitas (*Chiranthodendron*) en Toluca; el famoso ahuehuete de Atlisco (el milenario *Cypressus disticha*) en las cercanías de México; las especies de orquídeas de hermosa floración en los troncos de los árboles cuando éstos forman nudos redondos recubiertos de musgo, rodeados a su vez por los bulbos musgosos del dendrobio; algunas figuras de caoba caídas y cubiertas por orquídeas, banisterias y plantas trepadoras; además de otras plantas gramíneas de veinte a treinta pies de altura de la familia de los bambúes, nasto y diferentes *Foliis distichis*; estudios de potos y *Dracontium*; un tronco de *Crescentia cujete* cargado de frutas que salen de éste; un teobroma-cacao floreciendo y cuyas flores salen de las raíces; las raíces externas de hasta cuatro pies de altura en forma de estacas o tablas del *Cypressus disticha*; estudios de una roca cubierta por fucus; ninfeas azules en el agua; guastavias (pirigara) y lecitis florecientes; ángulo visto desde lo alto de una montaña de un bosque tropical de manera de ver solamente los florecientes árboles de copa ancha entre los cuales se alzan los pelados troncos de las palmeras como un corredor de columnas, una selva sobre otra selva; las diferentes fisionomías de materiales de pisang y heliconiun...».

Sólo en los trópicos se encontraba el exceso necesario de formas primarias para caracterizar un paisaje. En la vegetación, Humboldt había reducido estas formas primarias a diecinueve; diecinueve tipos fisionómicos, cosa que no tenía nada que ver con la clasificación linneana, que opera con la abstracción y el aislamiento de las variaciones mínimas; el naturalista humboldtiano no era un botánico sino un paisajista de los procesos de crecimiento general de la vida. Ese sistema, a grandes rasgos, constituía el «género» de pintura que practicó Rugendas.

Después de una breve estada en Haití, Rugendas pasó tres años en México, entre 1831 y 1834. En esta última fecha pasó a Chile, donde viviría ocho años, con un intervalo de unos cinco meses que ocupó el interrumpido viaje a la Argentina; el propósito original era cruzar todo el país, hasta Buenos Aires, y de ahí subir hasta Tucumán y luego Bolivia, etcétera. Pero no pudo ser.

Partió a fines de diciembre de 1837 desde San Felipe de Aconcagua (Chile), en compañía del pintor alemán Robert Krause, con una reducida tropilla de caballos y mulos y dos baqueanos chilenos. La idea, que realizaron, era aprovechar el buen tiempo estival para hacer sin apuro el cruce por los pintorescos pasos cordilleranos tomando apuntes y pintando todo lo que valiera la pena.

En pocos días ya estaban en medio de la cordillera, aunque sólo eran pocos descontando los muchos en que se detenían a pintar. La lluvia les servía para avanzar, con los papeles bien enrollados dentro de telas enceradas; no hubo lluvias en realidad, sino unas lloviznas benévolas, que durante tardes enteras envolvían el paisaje en blandas mareas de humedad. Las nubes bajaban hasta casi posarse, pero el menor viento bastaba para llevárselas... y traer otras, por corredores incomprensibles que parecían comunicar el cielo con el centro de la Tierra. En esas mágicas alternancias los artistas recuperaban visiones de ensueño, cada vez más espaciosas. Las jornadas, aunque zigzagueantes en el mapa, iban hacia la amplitud en línea recta como flechas. Cada día era más grande, más distante. A medida que los cerros adquirían peso el aire se hacía más liviano, más versátil su población meteórica, pura óptica de altos y bajos superpuestos.

Llevaban registros barométricos, calculaban la velocidad del viento con una manga bonete, y dos capilares de vidrio con grafito líquido les servían de altímetro. Como un farol de Diógenes, llevaban al frente el mercurio teñido de rosa del termómetro, en una alta percha con campanillas. El paso regular de la caballada producía un rumor que sonaba lejano; aunque en los umbrales de la audición, él también entraba en el régimen de ecos del sistema.

Y de pronto, en la medianoche, explosiones, cohetes, bengalas, que resonaron largamente en las inmensidades de roca, y llevaron fugaces colorines volantes a esas austeras grandezas, en una miniatura de auspicios: empezaba el año 1838, y los dos alemanes habían llevado una provisión de pirotecnia artística para festejarlo. Descorcharon una botella de vino francés y brindaron con los baqueanos. Tras lo cual se acostaron a dormir de cara al cielo estrellado, esperando la Luna, que al salir de los bordes de un picacho fosforescente puso punto final a una adormecida enumeración de propósitos, y los proyectó al verdadero sueño.

Rugendas y Krause se llevaban bien, y no les faltaba tema de conversación, aunque los dos eran callados. Ya habían hecho juntos algunos viajes por Chile, siempre en la mayor armonía. El único punto que para Rugendas constituía un velado problema era la definitiva mediocridad de Krause como pintor, que le impedía elogiar con sinceridad sus esfuerzos. Trataba de pensar que en la pintura de género el talento no era necesario, ya que todo se hacía según un procedimiento, pero el hecho era que los cuadros de su amigo no valían nada. Podía reconocer, en cambio, su dominio técnico, y sobre todo su buen carácter. Krause era muy joven, y tenía tiempo para escoger otros rumbos; mientras tanto, podría disfrutar de esas excursiones; mal no le iban a hacer. El joven, por su parte, tenía la más viva admiración por Rugendas, y su devoción no era de los menores motivos del placer que ambos obtenían de la compañía. La diferencia de edades y talento no se hacía notar porque Rugendas, a los treinta y cinco años, era tímido y afeminado y torpe como un adolescente. El aplomo y los modales aristocráticos de Krause, y su profunda cortesía, acortaban la distancia.

En quince días iniciaban el descenso por el otro lado, y empezaron a acelerar la marcha. Las montañas corrían el riesgo de volverse un hábito, como lo eran obviamente para los dos baqueanos, que cobraban por día. La práctica del arte los protegía de ese peligro, pero sólo a largo plazo; en el corto plazo, mientras se realizaba el aprendizaje del entorno y su representación, su efecto era el opuesto. Las conversaciones que los entretenían durante las lentas cabalgatas y los altos eran de naturaleza técnica. En tanto vieran sus ojos algo nuevo, su lengua tendría motivos para agitarse dando cuenta de la diferencia. Debe tenerse en cuenta que el grueso del trabajo que realizaban era preliminar: bocetos, apuntes, anotaciones. Dibujo y escritura se confundían en sus papeles; quedaba para más adelante la elaboración de esas experiencias en cuadros y grabados. Estos últimos eran la clave de la difusión, y su reproducción potencialmente infinita debía ser objeto de una consideración detallada. El círculo se cerraba con la inserción de esos grabados en un libro, envueltos en el texto.

La calidad de la obra de Rugendas no la reconocía solamente Krause. Lo bien que pintaba era evidente, sobre todo por la simplicidad que había logrado. La simplicidad lo envolvía todo en sus cuadros, nacaraba la obra y le daba una luz de día de primavera. Sus trabajos eran eminentemente comprensibles, con lo que consumaba los postulados de la fisionomía. De esta comprensión emanaba su reproducción; no sólo su único libro publicado había sido un éxito de librerías en toda Europa, sino que los grabados que ilustraban su *Viaje pintoresco por el Brasil* habían sido usados para la fabricación de papeles murales y hasta para iluminar vajilla de porcelana de la manufactura de Sèvres.

Krause solía hacer referencia a ese insólito triunfo, entre bromas y veras, y su admirado amigo, en la soledad de la cordillera, sin testigos, aceptaba con una sonrisa el cumplido, no atenuado por la suave burla cariñosa que lo transportaba. En ese espíritu oía la sugerencia de usar el diseño del Aconcagua como decoración de un pocillo de café: máximos y mínimos se conjugaban en el feliz esfuerzo cotidiano del lápiz.

Por lo demás, acertar con el dibujo del Aconcagua no era tan fácil, como no lo era con ninguna montaña en particular. Porque si a la montaña se la imagina como una suerte de cono dotado de artísticas irregularidades, esta o aquella montaña resultará imposible de identificar a partir de variaciones mínimas del punto desde el que se la enfoque, porque su perfil cambia por completo.

Durante esa travesía menudeaban los hallazgos temáticos. Los temas eran importantes en el arte de género; los dos artistas, cada cual en su nivel personal de calidad, hacían una documentación artística y geográfica del paisaje. Y si para la vertical geológica temporal se las arreglaban solos, pues sabían reconocer esquistos y basaltos, dendritas carboníferas y lavas peinadas, plantas, musgos y hongos, para la horizontal topográfica debían recurrir a los baqueanos chilenos, que se revelaron inagotables minas de nombres. «Aconcagua» era sólo uno de ellos. Al cuadriculado de verticales y horizontales que componía el paisaje se superponía el factor humano, también reticular. Los baqueanos actuaban sin preconceptos, atentos a la realidad. A lo inmutable que conocían de memoria lo hacían palpitar de misterio las variaciones del clima y los caprichos de sus clientes alemanes, por los que mostraban una combinación de respeto y desdén tan razonable que no podía ser ofensiva. Después de todo, en los alemanes se mezclaban del mismo modo ciencia y arte. Y más aún: se mezclaban, sin confundirse, los distintos grados de talento de uno y otro.

Viaje y pintura se entrelazaban como en una cuerda. Los peligros e inconvenientes de lo que por lo demás era un camino sobresaltado y terrible se transmutaban e iban quedando atrás. Y en verdad era terrible: asombraba pensar que eso era un camino, recorrido durante casi todo el año por viajeros, arrieros y hombres de negocios. Una persona normal lo habría considerado un dispositivo de suicidio. Hacia el punto central, a dos mil metros de altura y rodeados de cumbres que se perdían en las nubes, dejaba de parecer un pasaje de un punto a otro, y se volvía el mero camino de salida de todos los puntos a la vez. Líneas abruptas, en ángulos imposibles, árboles creciendo al revés en techumbres de roca, pendientes que se hundían en telones de nieve, bajo un sol abrasador. Y lanzas de lluvia que se clavaban en nubecitas amarillas, ágatas enguantadas de musgo, espinos rosa. El puma, la liebre y la culebra, eran la aristocracia montañesa. Los caballos resoplaban con ruido, empezaban a tropezar, y era necesario hacer una parada; las mulas estaban perpetuamente malhumoradas.

Las largas marchas estaban vigiladas por cumbres de mica. ¿Cómo hacer verosímiles esos panoramas? Había demasiados lados, al cubo le sobraban caras. La contigüidad de los volcanes producía interiores de cielo. Había grandes estallidos de crepúsculo óptico, a los que el silencio estiraba. En cada recodo se desplegaban soles de honda y cañón. Siempre en un silencio de masas descomunales, canchas grises colgadas a secar para siempre, y respiraderos del ancho de océanos. Krause, una mañana, dijo haber tenido pesadillas, con lo cual las conversaciones de ese día y el siguiente tocaron temas de mecánica moral y pacificación. Se preguntaban si llegaría el día en que se construyeran ciudades en esos sitios. ¿Qué se necesitaba para ello? Quizás que hubiera guerras, y que pasaran, dejando desocupadas las fortalezas de piedra, con sus sistemas de cultivos suspendidos, sus aduanas,

sus extracciones; un laborioso pueblo de frontera, chileno y argentino, podría venir a asentarse y reconvertir las instalaciones. Ése era el punto de vista de Rugendas, sobre el que probablemente actuaban sus ancestros de arte bélico. Krause, en cambio, a despecho de su temple mundano, se inclinaba por la colonización mística. Una cadena homóloga de monasterios, en los áticos más inaccesibles de la piedra, podrían derramar novedosos budismos hasta muy adentro de lo inaccesible, y el rebuzno de los trompetones despertaría a gigantes y enanos de la industria andina. Deberíamos dibujarlo, decían. Pero ¿quién lo creería?

Lluvias, soles, dos días enteros de bruma impenetrable, silbidos nocturnos de viento, vientos lejanos y cercanos, noches de cristal azul, cristales de ozono. El patrón de temperaturas horarias era sinuoso, pero no impredecible. Las visiones tampoco lo eran en realidad. Tan lentas pasaban las montañas frente a ellos, que el alma encontraba pasatiempos constructivistas para reemplazarlas.

Prácticamente una semana entera se les fue en dibujar una seguidilla de vértigos. Se cruzaron con toda clase de arrieros, y tenían las más curiosas conversaciones con mendocinos y chilenos. Hasta curas se toparon, y europeos, y hermanos, tíos y cuñados de sus baqueanos. Pero la soledad se recomponía pronto, y la visión de los que se alejaban los proveía de inspiración.

Por esos años Rugendas había iniciado una práctica novedosa, la del boceto al óleo. Esto constituía una innovación, que la historia del arte ha registrado como tal. Sólo unos cincuenta años después los impresionistas lo practicarían de modo sistemático; en su momento, el joven artista alemán no tenía más antecedentes que algunos excéntricos ingleses, con Turner como modelo. Mal visto, se lo consideraba un procedimiento de chapucería. Y lo era, en buena medida, pero tenía como horizonte una transvaloración de la pintura. En el trabajo cotidiano, su efecto era la inserción de piezas únicas en el flujo constante de notas preparatorias para el grabado o el óleo en serie. Krause no lo seguía por ese camino; se limitaba a contemplar la producción frenética de esos pequeños mamarrachos de pastosidad exagerada y colores ácidos discordantes. Al fin se hizo evidente que estaban dejando atrás esos paisajes. ¿Los reconocerían si pasaban otra vez por ellos? (No tenían planes de hacerlo.) Se llevaban carpetas hinchadas a reventar de souvenirs. «Me llevo en las retinas...», decía la frase corriente. ¿Por qué las retinas? En toda la cara también, en los brazos, en los hombros, en el cabello, en los talones... En el sistema nervioso. A la luz del glorioso atardecer del 20 de enero contemplaban arrobados el conjunto de silencios y aire. Una recua de mulas del tamaño de hormigas se estampaba sobre un camino de cornisa, con movimiento de astros. Una inteligencia humana y comercial las guiaba, un saber de crianza y procreación racial. Todo era humano; la más salvaje naturaleza estaba empapada de sociabilidad, y los dibujos que habían hecho, en la medida en que tenían algún valor, eran su documentación. El infinito orográfico era el laboratorio de formas y colores. Hacia delante, en la frente soñadora del pintor viajero, se abría la Argentina.

Pero mirando atrás por última vez, la grandeza de los Andes se alzaba enigmática y salvaje, demasiado enigmática y salvaje. Desde hacía unos días, bajando siempre, los había empezado a envolver un calor abrumador. Mientras su alma soñaba contemplando desde la atalaya de salida ese universo de roca, el cuerpo de Rugendas estaba bañado en sudor. Un viento de alturas desprendía mechones de nieve de las cumbres y los arrojaba hacia ellos, como un sirviente piadoso que les trajera en medio del trabajo un cucurucho de helado de vainilla.

Ese paisaje visto por encima del hombro le suscitaba de nuevo viejas dudas y planteos vitales. Se preguntaba si sería capaz de hacerse cargo de su vida, de ganarse el sustento con su trabajo, es decir, con su arte, si podría hacer lo que hacían todos... Hasta entonces lo había hecho, y muy bien, pero contaba a su favor con el impulso adquirido en la Academia y el aprendizaje en general, y con la energía de la juventud. Sin hablar de la suerte. Tenía las más serias dudas de que ese movimiento pudiera mantenerse. ¿Con qué contaba, al fin de cuentas? Con su oficio, y casi nada más. ¿Y si la pintura lo abandonaba? No le quedaría nada. No tenía casa, ni dinero en el banco, ni capacidad para los negocios. Su padre había muerto, él vivía desde hacía años errando por países extranjeros... Esto último lo hacía especialmente sensible a ese razonamiento de «si los demás pueden...». En efecto, toda la gente con la que se cruzaba, en ciudades y aldeas, en selvas y montañas, se las arreglaba para mantener su vida a flote; pero estaban en su contexto, sabían a qué atenerse. Mientras que él estaba a merced de un raro azar. ¿Quién le aseguraba que el arte fisionómico de la naturaleza no pasaría de moda, dejándolo aislado como un náufrago en medio de una belleza inútil y hostil? Por lo pronto, su juventud ya casi había pasado, y seguía sin conocer el amor. Se había empeñado en vivir en un mundo de fábula, de cuento de hadas, y si en él no había aprendido nada práctico al menos había aprendido que el relato siempre se prolongaba, y al héroe lo esperaban nuevas alternativas, más caprichosas e imprevisibles que las anteriores. La pobreza y el desamparo eran apenas un episodio más. Podía terminar pidiendo limosna en el portal de una iglesia sudamericana, ¿por qué no? Ningún temor era exagerado, tratándose de él.

En estas reflexiones se extendía páginas y páginas en una carta a su hermana Luise en Augsburgo, la primera de las cartas que escribió al llegar a Mendoza.

Porque de pronto estaban en Mendoza, una bonita ciudad arbolada y pequeña, con las montañas al alcance de la mano y unos cielos celestes tan inmutables que aburrían. Eran días de grandes calores, con los mendocinos atontados de bochorno, durmiendo siestas hasta las seis de la tarde. Por suerte la vegetación daba sombra por todas partes; el follaje llenaba el aire de oxígeno, con lo que respirar, cuando se podía, era muy restaurador.

Los viajeros, provistos de recomendaciones chilenas, se alojaron en casa de la familia Godoy de Villanueva, atenta y hospitalaria. Una gran casa a los pies de los árboles, con huerto y jardincillos. Tres generaciones convivían en buena armonía en el solar, y los niños menores se desplazaban en triciclos que fueron debidamente apuntados en los cuadernos rugendianos; nunca los había visto antes. Fueron sus primeros dibujos argentinos, y señalaron una dirección vehicular que pronto tomaría un alcance inesperado.

Pasaron un mes delicioso en la ciudad y alrededores. Los mendocinos se desvivían por atender al distinguido visitante, quien siempre acompañado de Krause hizo los obligados paseos a los cerros, que en realidad debían de ser más atractivos para quienes vinieran del lado opuesto al que habían venido ellos, hizo la ronda de fincas vecinas, y comenzó a emaparse en general de la vida argentina, en ese punto fronterizo tan parecida todavía a la chilena, y ya tan distinta. En efecto, Mendoza era la cabecera de las largas travesías hacia el oriente, hacia la soñada Buenos Aires, y eso le daba un carácter especial y único. Otra característica era que toda la edificación, en la ciudad y el campo, lucía nueva: y lo era, pues los sismos se encargaban de renovar, cada lustro, todo lo que levantaba el hombre. Las reconstrucciones mantenían en vilo la actividad económica. La ganadería mendocina, valsante en la actividad telúrica, se beneficiaba de la precocidad de los bovinos, auspiciada por el latente peligro ctónico, y abastecía los mercados trasandinos. Rugendas habría querido retratar un terremoto, pero le dijeron que el reloj planetario no lo favorecía. Aun así, en todo el lapso que pasó en la zona no perdió las esperanzas, que por delicadeza no manifestaba, de presenciar un movimiento. En ese punto quedó frustrado, y en otros también. La prosaica Mendoza contenía promesas que por un motivo u otro no se realizaban, y que al fin terminaron dictando la partida.

La otra ilusión fueron los malones. En la región eran verdaderos tifones humanos, pero por naturaleza no obedecían a ningún oráculo ni calendario. Imposible predecirlos; podía haber uno dentro de una hora o no haber ninguno hasta el año que viene (aprovechando que estaban en enero). Rugendas habría pagado por pintar uno. Todos los días de ese mes se despertaba con la secreta esperanza de que fuera la fecha. Igual que con el terremoto, habría sido de mal gusto dar cuenta de esas expectativas. El disimulo lo hacía muy sensible a los detalles. No estaba tan seguro de que no hubiera ningún aviso previo. Interrogó detenidamente a sus anfitriones, por supuestos motivos profesionales, sobre los signos anunciadores del sismo tectónico. Al parecer eran muy inmediatos, cosa de horas o minutos: los perros escupían, las gallinas picaban sus propios huevos, pululaban las hormigas, las plantas florecían, etcétera.

Pero no daban tiempo a nada. El pintor estaba seguro de que el malón debía de anticiparse en cambios culturales iguales de instantáneos y gratuitos. Pero no tuvo ocasión de probarlo.

Aun con todas las demoras que se permitía, y con el hábito de esperar justificado y alentado por la naturaleza, había que seguir adelante. En este caso, no sólo por imperativos prácticos, sino porque el pintor, a lo largo de los años, había venido haciéndose un mito personal de la Argentina, y al cabo de un mes en ese umbral, volvía más fuerte que nunca la urgencia por internarse en ella.

En los días previos a la partida, Emilio Godoy organizó una excursión a una gran estancia ganadera diez leguas al sur de la ciudad. Allá fueron, y entre los puntos pintorescos que visitaron hubo un cerro desde el que se divisaba un largo panorama de bosques y faldeos, hacia el sur. Por esos corredores, les dijo su anfitrión, solían aparecer los indios. Desde allí venían, y había sido justamente persiguiéndolos en expediciones punitivas después de un malón que los estancieros mendocinos habían tenido un vislumbre de lugares asombrosos: montañas de hielo, lagos, ríos, bosques impenetrables. «Usted debería pintar eso...» La frase le sonaba conocida. No habían dejado de repetírsela durante décadas, dondequiera que fuese. Había aprendido a desconfiar de esos consejos. ¿Quién sabía lo que debía pintar? A esta altura de su carrera, y con el gran vacío de las pampas al alcance de la mano, sentía que lo más auténtico de su arte iba en la dirección contraria. No obstante lo cual, las descripciones de Godoy lo dejaron soñador. Los reinos de hielo de los indios se le aparecían en la imaginación más bellos y misteriosos que cualquier cuadro que pudiera pintar.

Lo que sí podía pintar tomaba otro aspecto, bastante inesperado. Los trámites para contratar un guía lo pusieron en contacto con un objeto fascinante en grado sumo: la gran carreta de las travesías interpampeanas.

Era éste un artefacto de tamaño monstruoso, como hecho adrede para que se creyera que ninguna fuerza natural podría moverla. Ante la primera que vio quedó absorto largo rato. En su desmesura veía al fin la corporización de la magia de las grandes llanuras, la mecánica del plano puesta al fin en funcionamiento. Volvió a la playa de cargas al día siguiente, y al siguiente, provisto de papeles y grafitos. Era fácil y a la vez difícil dibujarlas. Pudo verlas iniciando sus largas marchas. Su velocidad de oruga, sólo medible en unidades diuturnas, o hebdomadarias, lo lanzaba a una microscopía de figuras, no tan paradójica en quien se había destacado haciendo acuarelas de colibríes, pues el movimiento también por sus extremos mínimos toca la disolución. Lo dejó para más adelante, pues tendría sobrada ocasión de verlas en acción durante el viaje, y se concentró en las desenganchadas.

Como tenían sólo dos ruedas (era su peculiaridad), mientras estaban sin carga se inclinaban hacia atrás, y sus varas quedaban apuntando al cielo en un ángulo de cuarenta y cinco grados; la punta de las varas parecía perderse entre las nubes; su largo puede calcularse por el hecho de que servían para enganchar hasta diez yuntas de bueyes. Sus sólidos tablones estaban reforzados para recibir cargas inmensas; casas enteras, con sus muebles y habitantes, no serían excesivas. Las dos ruedas eran como las «vueltas al mundo» de las ferias, todas en algarrobo, los rayos gruesos como vigas de techo, con cubos de bronce en el centro cargados de litros de grasa. Había que dibujar a un hombrecito a su lado para dar una idea cabal del tamaño, y buscando modelos para estas figuras Rugendas, tras descartar al abundante personal de mantenimiento, se concentró en los conductores, formidables personajes, a la altura de su tarea. Eran la aristocracia de los carreros: en sus manos quedaba el dominio de ese hipervehículo (sin contar la carga, que podía ser la totalidad del patrimonio de un magnate), y quedaba durante un tiempo muy prolongado. La línea recta Mendoza-Buenos Aires, recorrida a razón de unos doscientos metros por día, sugería lapsos de vidas enteras. En los ojos y los modales de los carreros, hombres transgeneracionales, habían quedado registradas esas paciencias sublimes. Yendo a cuestiones más prácticas, podía pensarse que los elementos en el juego de las variables eran el peso (la carga a transportar) y la velocidad: con un peso mínimo se alcanzaba la velocidad máxima, y viceversa. Evidentemente los transportistas interpampeanos, a la luz del plano, habían hecho la opción del peso.

Y de pronto se las veía partir... Una semana después, seguían a un tiro de piedra, pero hundiéndose inexorablemente en el horizonte. Rugendas sintió, y le comunicó a su amigo, una urgencia casi infantil por partir a su vez, en la estela anticipada de las carretas. Se le ocurría que sería como viajar en el

tiempo: en el trayecto, hecho al paso rápido de sus caballos, alcanzarían carretas que habían partido en otras eras geológicas, quizás antes del inconcebible comienzo del universo (exageraba), y aun a ellas las pasarían, yendo hacia lo verdaderamente desconocido. Sobre este rastro partieron. Sobre esta línea. Era una recta que terminaba en Buenos Aires, pero lo que le importaba a Rugendas estaba en la línea, no en el extremo. En el centro imposible. Donde apareciera al fin algo que desafiara a su lápiz, que lo obligara a crear un nuevo procedimiento.

La despedida de los Godoy fue muy afectuosa. ¿Volverá alguna vez?, le preguntaban. Su itinerario no lo predecía: de Buenos Aires partiría al Tucumán, de ahí subiría a Bolivia y Perú, en una travesía de años, hasta volver a Europa... Pero quizás algún día desandaría todos sus pasos en América (era una idea poética que se le ocurría en ese momento), volvería a ver todo lo que ahora veía, a pronunciar todas las palabras que ahora pronunciaba, y a encontrar las caras sonrientes que estaba viendo, ni más jóvenes ni más viejas... Su imaginación de artista le hacía ver este segundo viaje como la otra ala de una gran mariposa espejada.

Llevaban un baqueano viejo, y un chico de cocinero. Y cinco caballos y dos yegüitas: al fin se habían podido sacar de encima las mulas enojadizas. El clima siguió caluroso, y fue haciéndose más seco. En

una semana de avance pausado dejaron atrás los faldeos andinos, y con ellos los árboles, los ríos, los pájaros. Una buena trampa para Orfeos desobedientes: borrar todo lo que hubiera atrás. Ya no valía la pena volverse. En la llanura, el espacio se hacía pequeño e íntimo, casi mental. Hubo una abstinencia de pintura mientras el procedimiento se reacomodaba. La reemplazaron por unos cálculos casi abstractos de trayectoria. Cada tanto se adelantaban a una carreta, y psicológicamente era como si saltaran meses.

Se adaptaron a la nueva rutina. Había pequeños accidentes que iban marcando el rumbo de las inmensidades. Empezaron a cazar sistemáticamente. El viejo baqueano los entretenía con cuentos a la noche. El hombre era un tesoro de información de la historia regional. Por algún motivo, seguramente por no estar pintando, Rugendas y Krause encontraron en sus conversaciones diuturnas de caballo a caballo una relación entre pintura e historia. Muchas veces antes habían hablado del tema. Ahora se sentían al borde de hacer tocar las razones sueltas y anudarlas. Un punto en el que se habían puesto de acuerdo era la ventaja de la historia para saber cómo se hacían las cosas. Una escena, natural o cultural, por detallada que fuera, no decía cómo se había llegado a ella, cuál era el orden de las apariciones ni el encadenamiento causal que había llevado a esa configuración. Y justamente, la abundancia de relatos en que se vivía quedaba explicada por la necesidad del hombre de saber cómo se habían hecho las cosas. Ahora bien, a partir de este punto, Rugendas iba un paso más allá, para sacar una conclusión bastante paradójica. A título de hipótesis, proponía que el silencio de los relatos no implicaba pérdida alguna, en tanto la generación actual, o una futura, podía volver a experimentar esos mismos acontecimientos del pasado sin necesidad de que se los contaran, por mera combinatoria o imperio de los hechos, aunque tanto en un caso como en el otro la acción sería hija de una voluntad deliberada. Y hasta era posible que la repetición fuera más cabal si no había relato. En lugar del relato, y realizando con ventaja su función, lo que debía transmitirse era el conjunto de «herramientas» con el que poder reinventar, con la espontánea inocencia de la acción, lo que hubiera sucedido en el pasado. Lo más valioso que hicieron los hombres, lo que valía la pena que volviera a suceder. Y la clave de esa herramienta era el estilo. Según esta teoría, entonces, el arte era más útil que el discurso. Un pájaro se escurría por el cielo vacío. Detenida en el horizonte, como un lucero del mediodía, una carreta. ¿Cómo volver a hacer una llanura igual? Pero el viaje seguramente volvería a ser intentado, tarde o temprano. Eso los inducía a ser muy cautos, y a la vez muy audaces; lo primero para no cometer algún error que hiciera imposible la repetición, lo segundo para que valiera la pena, como una aventura.

Era un delicado equilibrio, equivalente al procedimiento artístico que practicaban. Rugendas volvía a lamentar no haber visto a los indios en acción. Quizás debería haber esperado unos días más... sentía una vaga nostalgia inexplicable de lo que no había pasado, de las enseñanzas que podía haber dejado. ¿Eso quería decir que los indios eran parte del procedimiento? La repetición de los malones era historia concentrada.

El artista demoraba el comienzo de su tarea, hasta que un día descubrió que tenía más motivos de los que él mismo creía para hacerlo. Una observación casual hecha alrededor del fogón provocó al viejo baqueano a hacerle una aclaración: no, no estaban en las aclamadas pampas argentinas, aunque sí en algo que se les parecía mucho. La verdadera pampa empezaba pasando San Luis. El hombre creía que se trataba de un malentendido de palabra. Algo de eso debía de haber, supuso el alemán, pero la cosa en sí también estaba implicada; tenía que estarlo. Lo interrogó con delicadeza, explorando sus propios recursos lingüísticos. ¿Acaso la «pampa» era más llana que estas llanuras que estaban atravesando? No lo creía, porque no podía haber nada más llano que la horizontal. Y sin embargo, el viejo se lo aseguró, con una sonrisa satisfecha, tan rara en esos seres adustos. Lo comentó largamente con Krause, más tarde, fumando sus cigarros bajo las estrellas. Después de todo, no tenían motivos serios para dudar. Si había pampas (y tampoco eso era motivo real de incertidumbre), estaban un poco más adelante. Después de tres semanas de absorber una vasta llanura sin relieves, enterarse de que lo llano era algo más radical constituía un desafío a la imaginación. Por lo que habían podido entender de las desdeñosas frases del paisano, él encontraba bastante «montañoso» este tramo. A ellos les había dado la impresión de una mesa bien pulida, de un lago tranquilo, de una sábana de tierra bien tendida. Pero haciendo un pequeño esfuerzo mental, ahora que estaban sobre aviso, veían que podía no ser así. Qué extraño, y qué interesante. De más está decir que la llegada a San Luis, que el experto reputaba inminente, se volvió objeto de impaciencia. Durante los dos días siguientes a la revelación hicieron marchas parejas. Como en una prestidigitación empezaron a ver cerros por todas partes; eran las cadenillas del Monigote y de Agua Hedionda. El tercer día se internaron en campos resonantes de vacío. Lo siniestro del paraje les llamó la atención a los alemanes, y para su sorpresa a los gauchos también. El viejo y el joven hablaban en susurros, y el primero se apeó varias veces a manosear el suelo. Empezaron a notar que faltaba la hierba, hasta la más casual, y los cardos no tenían hoja: parecían corales. Era evidente que la región sufría una seca de quién sabe qué duración. La tierra se desagregaba precipitadamente, aunque todavía no parecían haberse formado colchones de polvo. No pudieron asegurarse porque había cesado todo viento. En la quietud mortal del aire, oían los pasos de los caballos, sus palabras y hasta su respiración, con ecos amenazantes. De tanto en tanto veían que el viejo baqueano escuchaba en silencio, con una atención angustiada. Los contagió, y ellos también escuchaban. No oían nada, como no fuera el tenue barrunto de un zumbido que debía de ser psíquico. Pero el hombre sospechaba algo; prefirieron no interrogarlo, vagamente atemorizados.

Un día y medio se desplazaron en ese vacío espantoso. No había pájaros en el aire, ni cuises ni ñandúes ni liebres ni hormigas en la tierra. La costra pelada del planeta parecía estar hecha de un ámbar seco. Al fin, al llegar a la orilla de un río donde cargaron agua, el baqueano tuvo la confirmación de sus especulaciones, y les dio la solución del enigma. Éste se había magnificado en los oteros del río: no sólo estaban desprovistos de la menor célula viva de vegetación, sino que los muchos árboles, en su gran mayoría sauces mimbres, estaban pelados de toda hoja, como si un invierno repentino los hubiera depilado por hacerles una broma. Eran un espectáculo impresionante, hasta donde se perdía la vista: esqueletos lívidos, que ni siquiera temblaban. Y no era que las hojas se les hubieran caído, porque el suelo era sílice puro.

Langostas. La plaga bíblica había pasado por ahí. Ésa era la clave del enigma, que el baqueano les reveló al fin. Si había demorado en hacerlo era por escrúpulos de veracidad. Había reconocido las señales sólo por dichos, ya que nunca antes las había visto con sus ojos. También le habían contado cómo se veía la manga en acción, pero de eso prefería no hablar, porque sonaba fantasioso; aunque a la vista de los resultados, nada lo sería demasiado. Krause, aludiendo a las quejas de su amigo por haber perdido la cita con los indios, le preguntó si no lamentaba haber llegado tarde también

esta vez. Se lo imaginaba. Un prado verde, envuelto de pronto en una nube zumbona, y un instante después, nada. ¿Eso podía ser objeto de la pintura? No. Quizás de una pintura en acción.

Siguieron adelante, por su rumbo, sin perder tiempo. No tenía sentido preguntarse por la dirección de la manga, porque el área afectada era demasiado grande. Todo lo que debían hacer era llegar a San Luis, y disfrutarlo mientras tanto, si podían. Todo era experiencia, aunque se la perdieran por minutos. La vibración que había quedado en la atmósfera tenía una resonancia apocalíptica.

Pero se habían presentado inconvenientes muy prácticos que hicieron difícil disfrutarlo. Esa misma tarde, los caballos, que llevaban dos días de ayuno obligado, entraron en crisis. Se hicieron ingobernables y hubo que parar. Para colmo, la temperatura había seguido subiendo, y ya debía de estar en los cincuenta grados. No se movía un solo átomo del aire. La presión había descendido radicalmente. Un pesado techo de nubes grises pendía sobre sus cabezas, pero sin darles el alivio de una disminución del resplandor, que seguía cegándolos. ¿Qué hacer? El cocinerito adolescente estaba asustado, se apartaba de los caballos como si fueran a morderlo. El viejo no levantaba la vista, avergonzado del fracaso de su baqueanía. Tenía cierta justificación porque nunca antes había cruzado un área comida por la langosta. Los alemanes deliberaron en voz baja. Estaban en un océano selenita, con el horizonte erizado de cerros. Krause era de la opinión de moler galletas y hacer una papilla con agua y leche, dársela con paciencia a los caballos, esperar unas horas a que se tranquilizaran, y retomar la marcha con la fresca de la tardecita. A Rugendas el plan le pareció tan absurdo que no lo discutió siquiera. Propuso algo un poco más sensato, como ir a investigar, de un galope, al otro lado de los cerros. Acostumbrados a medir la distancia en los cuadros, la lejanía de estas montañitas se les revelaba ilusoria, prácticamente estaban entre ellas. En ese caso, su vegetación no debía de haber salido indemne de la comilona. Lo consultaron con el baqueano, pero no le sacaron palabra. Bien podía suponerse, con todo, que sus laderas hubieran hecho pantalla antimanga, y dando la vuelta encontraran una pradera con sus tréboles bien contados. El pintor viajero ya estaba decidiendo: él iría a las elevaciones del sur, su amigo a las del norte. Krause puso reparos. Un galope de emergencia, con los caballos en el estado en que se encontraban, le parecía imprudente. Sin contar con que se estaba preparando una tormenta. Se negaba terminantemente. Rugendas por su parte no tenía ganas de seguir discutiendo, así que partió solo, anunciando que estaría de regreso en dos horas. Lanzado al galope, el caballo respondió con una liberación de energía nerviosa; igual que el jinete, estaba tan sudado como si saliera del mar. La humedad se evaporaba antes de tocar el suelo; iban dejando una estela de vapor salado. Los conos grises de los cerros, en los que llevaba fija la vista, se iban desplazando respecto de la línea de la cabalgata; sin crecer perceptiblemente, se multiplicaban y entreabrían; alguno pasó a sus espaldas con un giro subrepticio. Ya se había introducido en la formación (¿por qué la llamarían «del Monigote»?), y el suelo seguía pelado, y no daba señales de reverdecer más lejos, ni en ninguna parte. El calor y la inmovilidad del aire se habían acentuado, si tal cosa era posible. Frenó y miró a su alrededor. Estaba en un circo máximo de gredas y calizas arrepolladas. Al caballo lo sentía nerviosísimo, y él mismo tenía un peso en el pecho, y su percepción se agudizaba locamente. El aire se había puesto de un color gris de plomo. Nunca había visto esa clase de luz. Era una oscuridad a través de la cual se veía. Las nubes habían bajado un poco más, hasta que pudo oír el rumor íntimo del trueno. «Por lo menos va a refrescar», se dijo, y esa frase trivial fue la última que alcanzó a formular entera y coherente, el último pensamiento de su juventud y de toda una etapa de su vida.

Porque lo que sucedió a continuación lo absorbió directamente con el sistema nervioso. Lo que equivale a decir que duró muy poco, y fue todo acción, encadenada y salvaje. La tormenta se manifestó de pronto con un grandioso relámpago que llenó todo el cielo, trazando una zigzagueante herradura.

Tan bajo corrió que la cara alzada de Rugendas, congelada en un gesto de estupor idiota, se iluminó toda de blanco. Creyó sentir su calor siniestro en la piel, y las pupilas se contrajeron hasta casi desaparecer. El derrumbe imposible del trueno lo envolvió en millones de ondas. El caballo bajo sus piernas empezó a girar. No terminaba de hacerlo cuando le cayó un rayo en la cabeza. Como una estatua de níquel, hombre y bestia se encendieron de electricidad. Rugendas se vio brillar, espectador de sí mismo por un instante de horror, que lamentablemente habría de repetirse. La crin del caballo estaba toda parada, como la aleta de un pez espada. A partir de ese momento se volvió una visión extraña para sí mismo, como sucede en las catástrofes personalizadas, cuando uno se pregunta: ¿Por qué tuvo que pasarme a mí? Lo que sintió al electrizársele la sangre fue horrible pero muy fugaz. A todas luces descargaba tan rápido como se cargaba. Aun así, no podía ser bueno para la salud.

El caballo había quedado de rodillas. El jinete lo taloneaba como un loco, alzando las piernas hasta ponerlas casi verticales y cerrándolas con movimiento y chasquido de tijera. El animal también descargaba el fluido: a su alrededor se había encendido una especie de bandeja de oro fosfórico, de bordes ondulantes. Apenas terminado el proceso, que duró segundos, ya se había erguido y trataba de caminar. La batería completa de truenos estallaba encima. En lo que parecía un negro de medianoche se entretejían relámpagos gruesos y delgados. Por los cerros rodaban centellas blancas del tamaño de habitaciones, y los rayos hacían de tacos de un billar meteórico. El caballo giraba. Entumecido al extremo, Rugendas tiraba de las riendas al azar, hasta que se le escaparon de las manos. El llano se había vuelto inmenso, sin salida porque todo era salida, y tan atestado de actividad eléctrica que se hacía difícil orientarse. El suelo se sacudía con el tañido de los rayos. El caballo empezó a marchar con una prudencia sobrenatural, levantando mucho los cascos, en un caracoleo lento.

El segundo rayo lo fulminó menos de quince segundos después del primero. Fue mucho más fuerte, y tuvo efectos más devastadores. Volaron unos veinte metros, encendidos y crepitando como una hoguera fría. Seguramente por efecto de la descomposición atómica que estaban sufriendo cuerpos y elementos en la ocasión, la caída no fue fatal: fue acolchonada y con rebotes. No sólo eso, sino que la magnetización del pelaje de la bestia había hecho imán, y Rugendas quedó montado en toda la voltereta, pero una vez en el suelo la atracción se aflojó y el hombre se vio acostado en la tierra seca, mirando el cielo. La maraña de relámpagos en las nubes hacía y deshacía figuras de pesadilla. En ellas, por una fracción de segundo, creyó ver una cara horrenda. ¡El

Monigote! El sonido ambiente ensordecía: ruido sobre ruido, trueno sobre trueno. La circunstancia era anormal en grado sumo. El caballo se revolvía en el suelo como un cangrejo, y miles de células de fuego le estallaban alrededor, formando una especie de aureola generalizada que se desplazaba con él y ya no parecía afectarlo. ¿Gritaban, el hombre y su caballo? Probablemente estaban en un espasmo de mudez; pero aunque hubieran aullado no se habría oído nada. El jinete volcado buscaba el suelo con las manos, en busca de un punto de apoyo para sentarse. Pero había demasiada estática para que pudiera tocar nada. El caballo se estaba levantando, y un alivio instintivo le indicó a Rugendas que eso era conveniente; debía renunciar por el momento al consuelo de la compañía para salvarse de un tercer rayo.

En efecto, el caballo se levantaba, erizado y monumental, ocultando la mitad de la malla de relámpagos, y sus patas de jirafa se quebraban en pasos díscolos, la cabeza se volvía atenta al llamado de la locura... y se iba...

¡Pero Rugendas se iba con él! No podía ni quería entenderlo, era demasiado monstruoso. Se sentía arrastrar, casi levitar (efecto del elongamiento eléctrico), como un satélite de un astro peligroso. La marcha se hacía más rápida y él colgado atrás, rebotando, sin comprender nada...

Lo que no sabía era que un pie le había quedado enganchado en el estribo, accidente que no por repetido (es un clásico de la equitación de todos los tiempos) deja de suceder de vez en cuando. La generación de electricidad cesó tan de pronto como había empezado, lo que fue una lástima porque un rayo certero que hubiera vuelto a detener a la bestia le habría ahorrado la mar de inconvenientes al pintor. Pero la corriente se reabsorbió en las nubes, empezó a soplar el viento, llovió...

El caballo galopó una distancia indefinida; nunca se supo cuánto, y en realidad no tenía importancia. Mucho o poco, el desastre estaba hecho. Fue al amanecer del día siguiente que Krause y el viejo baqueano los encontraron. El caballo había encontrado sus tréboles, y pastaba sonámbulo, llevando un colgajo sanguinolento enganchado al estribo. Se habían pasado la noche buscándolo, y el pobre Krause, en el colmo de la angustia, ya lo daba por muerto. Hallarlo fue un alivio a medias: estaba ahí, al fin, pero tirado boca abajo, inerte; apuraron la carrera, y en su transcurso lo vieron moverse, sin abandonar la postura de beso a la tierra; la escasa esperanza que eso les infundía fue neutralizada cuando advirtieron que no se movía sino jalado por los distraídos pasitos comestibles del caballo. Se apearon, lo desengancharon del estribo, y lo dieron vuelta... El horror los dejó mudos. La cara de Rugendas era una masa tumefacta y ensangrentada, la frente tenía el hueso expuesto, y le colgaban jirones de piel sobre los ojos. La nariz había perdido su forma reconocible, el aguileño augsburgués, y los labios, partidos y retraídos, dejaban ver todos los dientes y muelas milagrosamente intactos. Lo primero era ver si respiraba. Lo hacía. Ese detalle le daba un matiz de urgencia a lo que seguía. Lo cargaron sobre el caballo y se lo llevaron. El baqueano, que había recuperado su baqueanía, indicó un rumbo donde recordaba unos ranchos. Los encontraron a media mañana. El regalito que les traían a esos pobres campesinos perdidos era lo más adecuado para provocar su perplejidad. Al menos pudieron aplicar las primeras medidas, y hacerse cargo de la situación. Le lavaron la cara, trataron de reconstituirla manipulando los pedazos con la punta de los dedos, le pusieron emplastos de hamamelis para cicatrizar, y comprobaron que no había huesos rotos. La ropa se había desgarrado, pero salvo algunos raspones en el pecho, codo y rodillas, y cortes superficiales, el cuerpo estaba intacto; todo el daño se había concentrado en la cabeza, como si hubiera venido rodando sobre ella. ¿La venganza del Monigote? Quién sabe. El cuerpo es una cosa extraña, y cuando lo afecta un accidente donde actúan fuerzas no humanas, nunca se sabe cuál será el resultado.

Recuperó el conocimiento esa misma tarde, demasiado pronto para que la conciencia representara alguna ventaja. Se despertó a dolores que nunca había experimentado antes, y contra los que no tenía defensa. Pasó veinticuatro horas en un grito. Todos los remedios que se intentaban fueron inútiles; es cierto que se podía intentar poca cosa, más allá de compresas y buena voluntad. Krause se retorcía las manos; él tampoco durmió ni se alimentó. Habían mandado a buscar un médico a San Luis, y llegó a la noche siguiente, a reventacaballos bajo el aguacero. La jornada siguiente la emplearon en el traslado del herido a la capital provincial, en un coche que había enviado el señor gobernador. El diagnóstico del médico era reservado. Según su parecer el dolor agudo lo provocaba la emergencia de alguna terminal nerviosa, que tarde o temprano se encapsularía. Entonces su paciente recuperaría el habla y podría comunicarse, lo que volvería menos angustiosa la situación. Las heridas se coserían en el hospital, y el porte de las cicatrices dependería de la predisposición de los tejidos. De lo demás, disponía Dios. Había traído morfina, y le administró una piadosa cantidad, así que se durmió en el coche y se ahorró las incertidumbres de la travesía nocturna por los barriales. Se despertó en el hospital, cuando lo estaban cosiendo, justamente. Hubo que darle dosis doble para que se quedara quieto.

Pasó una semana. Le sacaron los hilos, y el proceso de cicatrización fue rápido. Pudieron hacer a un lado las vendas, y empezó a comer sólido. Krause estaba permanentemente a su lado. El hospital de San Luis era un rancho en las afueras de la ciudad, habitado por media docena de monstruos, mitad hombre mitad animales, producto de accidentes genéticos acumulados. Ellos no tenían cura. Vivían ahí. Para Rugendas fue una quincena inolvidable. Las percepciones llegaban a la carne rosa y viva de su cabeza para quedarse. No bien pudo ponerse en pie y salir a dar una caminata del brazo de Krause, no quiso volver a entrar. El gobernador, que se había mostrado solícito con el gran artista, le dio alojamiento en su casa. En dos días más probaba de montar a caballo, y escribía cartas (la primera fue a su hermana en Augsburgo, dándole una versión casi idílica de sus problemas; en cambio a sus amistades en Chile les pintaba un panorama tenebroso, casi exagerado). Decidieron marcharse sin demora. Pero no en el rumbo que llevaban: la inmensidad ignota que los separaba de Buenos Aires era un desafío que quedaba descartado por el momento. Volverían a Santiago, el sitio más cercano donde podría recibir atención médica adecuada.

Porque la recuperación, con ser milagrosa, estaba lejos de ser completa. Se había izado, con vigor de titán, desde el agujero profundo de la muerte; pero el ascenso dejó marcas. Sin hablar todavía de la cara, digamos que el nervio afectado, cuya emergencia fue causa del padecimiento insoportable de los primeros días, se había reencapsulado, y si bien cesó la fase aguda, la terminal se enganchó, un poco al azar, en algún centro del lóbulo frontal, y desde allí impartía unas jaquecas nunca vistas. Le daban de pronto, varias veces al día; todo se aplanaba y empezaba a plegarse, como un biombo. La sensación crecía y crecía, lo superaba, se ponía a gritar, solía caerse, oía chirridos muy agudos. Nunca se habría imaginado que había tanto dolor en su sistema; era una revelación de lo que podía su propio cuerpo. Tenía que atiborrarse de morfina, y después del acceso quedaba quebradizo, con las manos y los pies muy lejanos, montado en zancos. Poco a poco empezó a reconstruir el accidente, y pudo contárselo a Krause. El caballo había sobrevivido, y seguía prestando servicios; de hecho, era el que montaba habitualmente. Lo rebautizó Rayo. Cuando estaba sobre su lomo creía sentir el plasma universal en pleno reflujo. Lejos de guardarle rencor, se había encariñado con él. Eran dos sobrevivientes de la electricidad. Bajo el efecto del analgésico volvió a dibujar; no tuvo que volver a aprender, porque seguía haciéndolo tan bien como antes. La indiferencia del arte se manifestaba una vez más; su vida podía haberse partido en dos, la pintura seguía siendo el «puente de los sueños». No era como su antepasado, que había tenido que educar la mano izquierda; ¡ojalá lo hubiera sido! ¿A qué simetría bilateral podía recurrir él, si el nervio lo pinchaba justo en el centro de su ser? No habría sobrevivido sin la droga. Le llevó un tiempo metabolizarla. Le contaba a Krause las visiones que le había causado los primeros días. Había visto, como ahora lo veía a él, demonios animales durmiendo y comiendo y haciendo sus necesidades (¡y hasta conversando, con gruñidos y balidos!) a su alrededor... Su amigo lo sacó del error: esa parte era real. Los monstruos eran unos pobres desgraciados internados de por vida en el hospital de San Luis. Rugendas se quedó atónito, entre dos jaquecas. ¡Increíble coincidencia! Hacía pensar que quizás todas las pesadillas, aun las más absurdas, se conectaban con la realidad por algún lado. De otra naturaleza, aunque relacionada, era un recuerdo que también podía contar. Cuando le sacaron los hilos con los que le habían cosido la cara, los había sentido deslizarse con toda claridad. Y en su estado de semivigilia alterada sintió como si retiraran todos los hilos que habían movido a las marionetas de sus sentimientos, o de los gestos que los expresaban, lo que equivalía a lo mismo. Krause, apartando la mirada, no hacía ningún comentario y se apresuraba a cambiar de tema. Lo que no era tan fácil: cambiar de tema es una de las artes más difíciles de dominar, clave de casi todas las otras. Y el cambio, a su vez, era una clave en este caso.

Porque la cara había sufrido daños graves. Una gran cicatriz en el medio de la frente bajaba hacia una nariz de lechón, con las dos fosas a distinta altura, y desplegaba hasta las orejas una red de rayos rojos. La boca se había contraído a un pimpollo de rosa lleno de repliegues y rebordes. El mentón se había desplazado hacia la derecha, y era un solo hoyuelo, como una cuchara sopera. Gran parte de ese descalabro parecía definitivo. Krause se estremecía pensando qué frágil era una cara. Un golpe, y ya estaba rota para siempre, como un jarrón de porcelana. Un carácter era más durable. Una disposición psicológica parecía eterna en comparación.

Aun así, habría podido acostumbrarse a hablarle a esta máscara, y a esperar y hasta predecir sus respuestas. Lo malo era que los músculos, como el mismo Rugendas lo había intuido en su fantasía de los hilos, no respondían más a sus mandos; cada uno se movía por su cuenta. Y se movían mucho más de lo normal. Ahí debía de intervenir el daño al sistema nervioso. Por suerte, y quizás por milagro, el deterioro nervioso se limitaba a la cara; pero el contraste con el torso y los miembros quietos lo hacía más notable. Había una escalada: un temblor, un vaivén, se difundía de golpe, y en segundos todo el rostro estaba en un baile de San Vito incontrolable. Además, cambiaba de color, o, mejor dicho, de colores, se irisaba, se llenaba de violetas y rosas y ocres, cambiando todo el tiempo como un calidoscopio.

Desde semejante goma mágica, el mundo debía verse diferente, pensaba Krause. No eran sólo los recuerdos cercanos los que se teñían de alucinación, sino el mundo cotidiano. Rugendas no hablaba mucho del asunto, todavía debía de estar asimilando los síntomas. Y seguramente no tenía tiempo para llevar a su conclusión un razonamiento, por causa de los ataques, que se daban, promedio, cada tres horas. Cuando lo arrebataba el dolor, era una posesión, un viento interior. No necesitaba dar muchas explicaciones sobre este punto, porque lo que pasaba era demasiado visible, pero aun así decía que en pleno ataque se sentía amorfo.

Curiosa coincidencia de palabras: amorfo, morfina. Ésta seguía acumulándose en su cerebro. Gracias a ella volvía a pintar, y regulaba sus horarios en los marcos del alivio y el dibujo. Así recuperaba alguna normalidad. No necesitó recuperar la técnica, gracias al procedimiento fisionómico. El paisaje sanluiceño, con sus encantadoras intimidades, fue el objeto ideal para sus ejercicios de convaleciente. En sus diecinueve fases vegetales, la naturaleza se adaptaba a su percepción, con velos edénicos; el paisaje morfina.

Como un artista siempre está aprendiendo algo mientras practica su arte, así lo haga en las circunstancias más apretadas, Rugendas descubrió en este momento una característica del procedimiento que hasta entonces le había pasado desapercibida. Y era que el procedimiento fisionómico operaba con repeticiones: los fragmentos se reproducían tal cual, cambiando apenas su ubicación en el cuadro. Si no era fácil notarlo, ni siquiera por el que lo hacía, era porque el tamaño del fragmento variaba inmensamente, desde el punto al plano panorámico (podía desbordar mucho al cuadro). Y además, en su trazado, podía ser afectado por la perspectiva. Tan pequeño y tan grande como el dragón.

Igual que tantos descubrimientos, éste se presentaba en su faz de máxima inutilidad. Pero quizás algún día serviría de algo saberlo.

Después de todo, el arte era su secreto. Él había conquistado el secreto, aunque a un precio exorbitante. En el pago se sumaba todo, ¿por qué no iba a sumarse el accidente, y la transformación consiguiente? En el juego de las repeticiones, en la combinatoria, hasta él podía disimularse, y funcionar oculto como un avatar más del artista. Las repeticiones: por otro nombre, la historia del arte.

¿Por qué esa ansiedad por ser el mejor? ¿Por qué la única legitimación que se le ocurría era la calidad? De hecho, no podía empezar siquiera a pensar en su trabajo si no era por la calidad. ¿No sería un error? ¿No sería una fantasía malsana? ¿Por qué no hacerlo como todo el mundo (como Krause, sin ir más lejos), es decir, lo mejor posible, y poniendo el acento en otros elementos? Esa modestia podía tener efectos considerables, el primero de los cuales sería permitirle ser artista también de otras artes, si quería. De todas. Podía llegar a hacerlo un artista de la vida. La ambición absolutista provenía de Humboldt, que había ideado el procedimiento como una máquina general del saber. Desarmando ese autómata pedante, quedaba la multiplicidad de los estilos, y éstos tomados de a uno eran acción.

En diez días estuvieron de regreso en Mendoza (eran cincuenta leguas): iban en los mismos caballos, por el mismo camino, cruzaban a las mismas carretas, los acompañaba el mismo baqueano, el mismo cocinero. Lo único que había cambiado era la cara de Rugendas. Y la dirección. Los demoraron un poco las lluvias, el viento, el parecido de las cosas. La familia Godoy, avisada desde hacía semanas del truculento suceso, renovó su hospitalidad, con el detalle agregado por la delicadeza de un cuarto aparte para el pintor, donde podría disponer de más silencio y tranquilidad, sin perder los beneficios de la atención familiar. Este cuarto se hallaba sobre el techo, y había sido un mirador vuelto del todo inútil por el crecimiento de los árboles que rodeaban la casa. Podían ofrecérselo ahora porque el calor estaba aflojando (promediaba marzo); en pleno verano, era un horno de cerámica.

El aislamiento le vino bien; ya se estaba valiendo mejor por sí mismo, y lo aliviaba poder prescindir días enteros de Krause, no porque le molestara la presencia de su fiel amigo, modelo de camaradería, sino porque quería dejarlo en paz, para que pudiera gozar de Mendoza y su sociedad después de sus desvelos de enfermero. Lo horrorizaba la mera idea de ser una carga. Encerrado en su palomar recuperaba un poco de autoestima, en la medida de lo posible. Fueron unos días de concentración en sí mismo, y reflexión. Debía asimilar lo que había pasado, y tratar de encontrar un camino aceptable para el futuro. La escena de estos debates internos fue la correspondencia, a la que se dedicó largamente. Con su letra pequeñita y apretada, llenaba páginas y más páginas. Toda su vida fue un prolífico autor epistolar. Era claro, ordenado, explícito, detallista. No se le escapaba nada. Como las cartas se han conservado, sus biógrafos han tenido en ellas material de sobra donde documentarse, y aunque ninguno lo intentó, habrían podido perfectamente reconstruir su vida viajera día por día, casi hora por hora, sin perder ningún movimiento de su espíritu, ninguna reacción, ningún escrúpulo. El tesoro epistolar de Rugendas revela una vida sin secretos, y no obstante misteriosa.

El encarnizamiento de estos primeros días mendocinos tenía una doble razón de ser. Estaba atrasado, pues desde San Luis apenas si había despachado unas esquelas informativas, entrecortadas y con caligrafía trémula, y además conteniendo promesas de ampliación que había llegado el momento de cumplir. Pero también estaba la necesidad íntima de ponerse en claro consigo mismo, ante esta circunstancia extrema, y no disponía de otro modo de hacerlo que el muy ejercitado de las cartas. De ahí que haya tantos datos, no sólo de los hechos sino de sus repercusiones íntimas, respecto de todo lo que rodeó a este episodio. La documentación era el oficio de Rugendas el pintor, y en alas de la excelencia lograda se le había vuelto una segunda naturaleza a Rugendas el hombre.

La primera y central de sus corresponsales era su hermana Julie, allá en su nativa Augsburgo. Con ella era de una sinceridad conmovedora. Nunca le había ocultado nada, y no veía por qué iba a hacerlo ahora. Pero en este trance descubrió que Julie no cubría todo el espectro de la documentación posible. O mejor dicho, que aun cubriéndolo (porque a ella podía decirle todo) quedaban cosas fuera. Ésta era una de esas circunstancias en que el todo no basta. Quizás porque hay otros «todos», o más porque el «todo» que es el que habla y su pequeño gran mundo tiene una rotación como la de los astros, que combinada con las traslaciones hacen que ciertas caras queden ocultas siempre. Para darle un nombre moderno, que no figura en las cartas, digamos que era un problema de «elocución». Como si lo hubiera previsto desde siempre, Rugendas se había ocupado de multiplicar convenientemente el número de sus corresponsales, y dispersarlos por el mundo. De modo que retomaba el trabajo de escribir bajo otros encabezamientos; entre sus interlocutores disponía de pintores fisionómicos y naturalistas, de ganaderos, agricultores, periodistas, amas de casa, ricos coleccionistas, ascetas, y hasta próceres. Cada uno regía una versión, y todas salían de él. Las variaciones giraban alrededor de una curiosa imposibilidad: ¿cómo se podía transmitir la frase «Soy un monstruo»? Estamparla en el papel era fácil. Pero transmitir su significado era muchísimo más difícil. Se esmeraba especialmente, con un sentimiento de urgencia, en las cartas a sus amigos chilenos, sobre todo los Guttiker, que ya le habían comunicado que lo alojarían en su casa de Santiago como lo habían hecho hasta pocos meses atrás. Pues era inminente que ellos lo vieran, y sentía la necesidad de prepararlos. Lo obvio en este caso habría sido exagerar, para amortiguar la sorpresa. Pero no era fácil exagerar, con su cara. Corría el peligro de quedarse corto, sobre todo si ellos estaban descontando la obvia exageración. Y entonces el efecto sería el opuesto al esperado.

De cualquier modo, no estuvo recluido, ni mucho menos. Su régimen físico natural le exigía mucho aire libre y ejercicio. Y aun en el estado semi-inválido en que se encontraba, con la frecuencia de las jaquecas, los desarreglos nerviosos y la dependencia de los medicamentos, se le hacía necesario dedicar las horas buenas de luz al caballo y la pintura del natural. El fiel Krause seguía a su lado, sin arredrarse por que a veces, cuando los accesos le venían lejos de la casa, tuviera que cargarlo sobre el caballo y llevarlo de vuelta al galope, escuchando sus gritos. De hecho, esos momentos espectaculares no eran lo más llamativo de sus salidas. Rugendas llamaba mucho la atención aun comportándose con la más tranquila caballerosidad. La gente se reunía a mirarlo, y en ese medio semisalvaje como eran los pintorescos alrededores de la ciudad no se podía esperar mucha discreción. Los niños no eran lo peor, porque los adultos también se comportaban como niños. Lo veían dibujar, concentrado en los grandes dispositivos hidráulicos de riego (se le había dado por eso en esta etapa) y ardían en curiosidad por ver sus papeles. ¿Qué se imaginarían? Rugendas, por su parte, cada vez que tomaba el lápiz, debía refrenar la tentación de dibujarse a sí mismo. El clima se había vuelto perfecto de toda perfección en ese fin del verano. Los paisajes ganaban una plasticidad infinita; se envolvían según las horas en la luminosidad cordillerana y se hacían transparentes, en cascadas interminables de detalles. La luz de las tardes, filtrada por la imponente muralla de piedra de los Andes, era un puro fantasma de luz, óptica intelectual, habitada por rosas intempestivos de media tarde. Los crepúsculos se prolongaban diez, doce horas. Y de noche, ráfagas de viento reacomodaban estrellas y montañas en el curso de los paseos de los dos amigos. Si era cierto, como decían los budistas, que todo lo existente, hasta una piedra o una hoja seca o un moscardón, había sido antes y volvería a ser después, que todo participaba de un gran ciclo de renacimientos, entonces todo era un hombre, un solo hombre en escalas de tiempo. Un hombre cualquiera, Buda o un mendigo, un dios o un esclavo. Dado el tiempo suficiente, el universo entero se reintegraba en la forma de un hombre. Lo cual tenía grandes consecuencias para el procedimiento: por lo pronto lo sacaba del automatismo de una mecánica trascendente, con cada fragmento colocándose en su lugar predeterminado; cada fragmento podía ser cualquier otro, y la transformación se realizaba ya no en el ciclo del tiempo sino en el del significado. Esta idea podía presidir una concepción totalmente distinta de la realidad. En su trabajo, Rugendas había empezado a notar que cada trazo del dibujo no debía reproducir un trazo correspondiente de la realidad visible, en una equivalencia uno a uno. Por el contrario, la función del trazo era constructiva. De ahí que la práctica del dibujo siguiera siendo irreductible al pensamiento, y a pesar de la completa incorporación del procedimiento, le fuera posible seguir dibujando.

Los Godoy no terminaban de acostumbrarse a él. Eso era un interesante llamado de atención para el futuro. Uno se acostumbra a cualquier deformidad, hasta la más horrenda, pero cuando se le suma un movimiento incontrolable de los rasgos, un movimiento fluido y sin significado, el hábito se resiste a instalarse, comprensiblemente. Por simpatía, la percepción se mantiene fluida. Rugendas, aunque sociable y conversador, se vio llevado a acortar las sobremesas y hacer solitarias sus veladas. No le resultaba difícil, pues podía excusarse con la verdad: las jaquecas sobrehumanas lo postraban en la cama de su altillo, y el dolor lo hacía retorcerse como una serpiente hechizada... no sólo en la cama sino en el piso, en las paredes, en el techo... Cuando la medicina actuaba, volvía a las cartas.

Al escribir, pretendía lograr una sinceridad absoluta. El razonamiento era éste: si daba el mismo trabajo, en principio, decir la verdad y mentir, ¿por qué no decir la verdad, sin blancos ni ambigüedades? Aunque más no fuera como un experimento. Pero era más fácil decirlo que hacerlo, en especial porque en este caso hacer era decir.

Quizás la morfina no se metabolizaba nunca. Quizás recomenzaba una segunda o tercera fase. O bien la combinación de opio, jaqueca y el deshielo

nervioso de un artista de la fisionomía de la naturaleza diera un resultado único. Lo cierto es que la «verdad» se agigantaba en su imaginación, y hacía estallar sus noches en el cuartito sobre el techo. Quedó registrado en sus cartas de este período un asunto bastante extemporáneo sobre el que se le dio por temar, con fijeza de orate. Su libro *Viaje pintoresco por el Brasil*, pilar de su extensa fama europea, en realidad había sido escrito por otro, por el periodista y crítico de arte francés Victor Aimé Huber (1800-1869), basándose en las notas manuscritas de Rugendas. Lo que no le había resultado para nada especial en su momento, ahora empezaba a resultarle extrañísimo, y se preguntaba cómo había podido prestarse a la maniobra. Que un libro firmado por X fuera en realidad escrito por Y, ¿no era aberrante? Si había aceptado sin pensarlo había sido por la distracción que le causó todo el proceso de la edición, que en un libro de esa naturaleza era la mar de complicado. Eran tantas las habilidades necesarias, desde la financiación del proyecto al coloreado de las láminas, que la redacción del texto parecía un detalle entre otros. La atracción principal del libro eran las cien litografías que contenía, que fueron realizadas por artistas franceses, salvo tres hechas por el artista en persona; la casa de litografía, Engelmann & Co., aun cuando tuviera justa fama de ser la mejor de Europa, no lo eximió de un minucioso control personal del proceso, que consistía en varios pasos y estaba sembrado de trampas. El texto había parecido un acompañamiento de las imágenes; pero lo que no había visto entonces, y empezaba a ver ahora, era que por considerarlo un acompañamiento, o un complemento, lo estaba separando de la parte «gráfica». Y la verdad, tal como ahora se le aparecía, era que todo formaba parte de lo mismo. Con lo que el escritor mercenario, el *nègre*, se metía en la esencia misma del trabajo, bajo la excusa de estar llenando una función puramente técnica, la redacción ordenada en frases de los balbuceos inconexos de la documentación hablada. ¡Pero todo era documentación! ¡Ése era el principio y el fin del juego! El principio sobre todo (porque el fin se perdía en los recorridos nebulosos de la historia del arte y la ciencia). La Naturaleza misma, afectada a priori por el procedimiento, ya era documentación. No había datos inconexos. El orden ya estaba implícito en la revelación fenoménica del mundo, el orden del discurso conformaba las cosas mismas. Y en ese orden participaba su actual estado, del que en consecuencia era necesario examinar el aparente caos visionario o maniático y reducirlo a sus formas de razón. Es preciso decir aquí que Rugendas no se estaba medicando con morfina pura; en aquel entonces no se la sintetizaba como ahora, sino que conservaba un componente activo de opio en bromuro. Se le sumaban los beneficios del mejor analgésico con los del mejor antidepresivo. Y su cara se agitaba como el segundero de una eternidad de transmigraciones búdicas. Era una solución peculiar al «dolor editorial» proveniente de sus faltas de antaño.

Aunque las cartas de los Guttiker lo apremiaban a emprender el cruce, éste seguía postergándose. El trabajo de escribir lo absorbía, la aprensión de enfrentar con su nueva cara a los conocidos persistía, y había disminuido la urgencia de atención médica en parte porque había encontrado cierta estabilidad en sus tormentos, en parte porque se hacía a la idea de la inutilidad de cualquier tratamiento. Y más que esas razones, pesaba lo ideal de la temporada mendocina para la práctica de la pintura. En este rubro se añadió otro elemento concurrente: en la medida en que el estado del pintor lo permitía, los dos amigos empezaron a hacer más largas sus excursiones, aventurándose siempre hacia el sur, hacia los bosques y lagos en los que parecía renovarse un misterioso trópico frío, de luz azul y follaje sin fin. Pernoctaban en San Rafael, un pueblito a diez leguas al sur de la capital provincial, o en fincas de la zona, propiedad de parientes y amigos de los Godoy, y se internaban, a veces durante días enteros, por valles sinuosos, en busca de vistas que captaban en acuarelas cada vez más raras. Las jornadas se les hacían demasiado deliciosas para abandonarlas. La leyenda, basada en ciertas imprecisiones de las cartas de estas semanas, quiere que Rugendas haya llegado muy al sur, hasta regiones no holladas todavía por el hombre blanco, quizás hasta los soñados glaciares, las montañas móviles de hielo, puertas inexpugnables de otro mundo. Los apuntes del natural que llevan estas fechas abonan el mito. Un aire de distancia imposible los envuelve. Para que hubiera sucedido así, Rugendas debería haberse transportado por los aires, como un Inmortal, de lo conocido a lo desconocido. Psíquicamente, lo hacía todo el tiempo. Pero lo hacía como actividad normal y corriente, sobre la que debían hacer contraste los hechos increíbles, las anécdotas, los episodios.

Lo cierto es que se encontraban en medio de una naturaleza estimulante por lo novedosa, tanto, que Rugendas debía recabar de su amigo confirmación de que era un hecho objetivo, y no producto de sus alteraciones de conciencia. Pájaros sin protocolos ni postergaciones lanzaban cantos extranjeros en las marañas, gallinetas y ratas hirsutas se desbandaban a su paso, fornidos pumas amarillos los acechaban desde las cornisas rupestres. Y el cóndor planeaba pensativo sobre los abismos. Los abismos tenían abismos a su vez, y de los subsuelos profundos se alzaban árboles como torres. Veían abrirse flores chillonas, grandes o chicas, algunas con patas, algunas con riñones redondos de carne de manzana. Los cursos de agua contenían moluscos asirenados, y surcaban el fondo, siempre contra la corriente, legiones de salmones rosados del tamaño de terneros. El verde muy oscuro de las araucarias se cerraba en negros de terciopelo o se abría a paisajes de altura que siempre parecían cabeza abajo. En los planos de los lagos, bosques de mirtos delicados, con los troncos como tubos de caucho amarillo, suaves al tacto y fríos como el hielo. El musgo se acumulaba en poltronas salvajes, las locas palmetas de los helechos temblaban en calados de aire.

Hasta que llegó el día en que recordaron que de esos recintos solían salir los indios en sus ataques fulminantes y mortíferos. Si les hubieran dicho que salían de la nada no se habrían sorprendido. Pero obviamente venían de más lejos, quién sabe de dónde, y en los bosques precordilleranos encontraban los pasadizos rápidos por donde entrar a la civilización y volver a salir. La memoria de este asunto que había ocupado la imaginación del pintor antes del accidente, les volvió no por una asociación de ideas sino por el hecho mismo, del modo más abrupto. Habían pasado la noche en una finca ganadera en los alrededores de San Rafael, después de hacer campamento tres días seguidos en unas edénicas frondas de altura; aunque el plan que se hicieron en el descenso era volver de un tirón a Mendoza, se demoraron pintando y tuvieron que pernoctar en la casona de la finca, cuyo propietario se disponía a poner fin a su estada estival y emprender el traslado a la ciudad, donde los jóvenes cursaban sus estudios. Rugendas, que estaba pasando un período especialmente crítico, tuvo una noche de vértigos y drenajes cerebrales; les hizo frente con tal exceso de morfina que el alba lo encontró sonámbulo, sudado, la cara llena de relámpagos bailoteando y las pupilas contraídas como si estuviera en el centro del sol.

Cuando salía el sol, precisamente, el patio empezó a resonar de gritos y ruido de caballos.

¡Malón! ¡Malón!

¿Qué?

¡Malón! ¡Malón!

La casa se puso en movimiento en un santiamén; parecía como si todos sus ocupantes se lanzaran contra las paredes como locos furiosos. Los dos amigos asomaron de su cuarto a la galería del patio. La intención de Krause era averiguar qué pasaba, qué alcance tenía el disturbio, y si había posibilidades de emprender el regreso a Mendoza, dejando mientras hacía estas preguntas a su amigo en la cama; pero Rugendas salió tras él, a medio vestir y tambaleante. Krause podría haberlo devuelto al lecho haciendo valer su autoridad, pero no valía la pena: en el alboroto nadie prestaría atención a las evoluciones adormecidas del monstruo, y no había que perder tiempo. Así que lo dejó oscilar libremente.

Los hombres estaban organizando la defensa. Como no era la primera vez, ni sería la última, que debían salir armados a contener indios, lo hacían con desenvoltura. Era una de las formas del trabajo, nada más. Pero lo consuetudinario de la circunstancia no implicaba ningún progreso en la organización; ésta era imposible, por causa de lo azaroso e imprevisible del raíd. Con apenas los datos básicos se improvisaba un contraataque, tan fulminante como fuera posible, y en lo posible coordinado con un rodeo de emergencia, pues de lo que se trataba era de salvar de la rapiña la mayor cantidad posible de ganado.

Por las informaciones que trajo un mensajero, sabían que el ataque había caído, con el alba, sobre el puesto de Correos, donde había hecho una matanza, para irradiar de ahí en arreos salvajes de toda la zona. No podían haber avanzado mucho, y ya se desplegaban las partidas volantes de las estancias de alrededor. El malón se calculaba en mil hombres: era de los medianos-grandes.

Un contingente de peones se quedaría en la casa con las mujeres y los niños para defenderla; la casa, le explicó a Krause el propietario, se transformaba en fuerte mediante unos sencillos pliegues que ya se estaban poniendo en acto. Le preguntó qué harían ellos; podían ser útiles tanto acompañándolos como quedándose.

Esta conversación, interrumpida por gritos y órdenes (y gestos enérgicos), tenía lugar en el medio del patio, donde ya convergían los hombres armados. Krause, medio dormido todavía, quedó un poco dubitativo, y se volvió a ver si su amigo había regresado al cuarto... Pero no, ahí estaba, tapándose la cara con el sombrero, quieto como un árbol. Lo tomó de un brazo, causándole un sobresalto mayúsculo. Le preguntó si había oído. La respuesta fueron unos balbuceos... No, evidentemente no había oído ni entendía nada de lo que estaba pasando. Tomó al instante la determinación de devolverlo a la cama y quedarse a colaborar en la eventual defensa de la casa. No pudo evitar un sentimiento de pena: tanto habían fantaseado los dos con ver a los indios en acción, y ahora que se daba la ocasión, tenían que perdérsela. Mientras el ganadero y sus hombres salían ruidosamente por el portal, él llevaba a Rugendas del brazo de vuelta a la casa. Como se caía para el otro costado, optó por ponerse a su espalda y tomarlo con las manos por los dos brazos para guiarlo a la vez que lo mantenía erguido. Caminaba con pasos rígidos, pero todo el cuerpo parecía afectado de inconexión. Seguía balbuceando, y como Krause no le prestaba atención, soltó un grito. Ya estaban otra vez en la galería. Se le puso enfrente para que lo viera, y le preguntó, con cierta incomodidad, qué le estaba diciendo. Era algo sobre una mantilla. Abrió la puerta del cuarto, y Rugendas se precipitó adentro. Fue directamente al maletín de trabajo; le señaló el suyo a su amigo. Éste no daba crédito a sus ojos, pero había que rendirse a la evidencia: el gran Rugendas quería ir a tomar apuntes del malón, aun en su estado. Se sentó en la cama con desaliento. Es imposible, imposible, decía. Rugendas no le hacía caso. Se había dado cuenta de que estaba descalzo, e iniciaba el laborioso trámite de ponerse los botines. Alzó la cara para mirar a Krause: Los caballos, le dijo. Trató de disuadirlo con un argumento que se le ocurrió sobre la marcha: podían dormir unas horas y salir hacia el mediodía. La actividad seguiría por la tarde, seguramente. Pero Rugendas no lo oía, estaba en otra dimensión. El cuarto se había transformado, por acción de sus movimientos, en el laboratorio de un sabio loco que se proponía lograr alguna clase de transformación del mundo. La media luz todavía nocturna del interior le daba determinaciones flamencas. El león morado manoteaba los botines, a cuatro patas. Krause salió a escape rumbo a las caballerizas, seguido de los tartajeos del abotinado: ¡Mantón!, ¡mantón!, ¡mantillón! Llevarían sólo a Rayo y Bayo. No tenía por qué ser más que un picnic de pintura, y después de todo lo más probable era que la cabalgata, y algún interés concreto, le refrescaran un poco las ideas a su pobre amigo. Sin duda se había estado excediendo en sus fuerzas los días previos, por causa de las bellezas que iban encontrando. Este suceso caía en mal momento, pero por malo que fuese podía servir para agotar las energías, o, mejor dicho, terminar de agotarlas, y tal como estaban las cosas sólo yendo al fondo había esperanzas de empezar a mejorar. Lo esperaba en el patio con la valijita de carbones, y el sombrero en la cara. Seguía hablando de la mantilla, y al fin Krause entendió de qué se trataba. Era una buena idea, y debería habérsele ocurrido a él, pero no se lo podía reprochar porque tenía demasiadas cosas en la cabeza. Voy a ver, dijo, y de paso le comunico a la señora nuestras intenciones. Rugendas fue con él, y cuando encontraron a la dueña de casa, en la cocina, fue el enfermo el que sacó fuerzas de flaqueza para hacer el insólito pedido de una mantilla de misa calada, negra por convención, eso no necesitaba ni decirse. Las señoras sudamericanas abundaban en esos artículos católicos. No se explayó demasiado en los motivos por los que la necesitaba, y la dama debió de creer que era para esconder la fea deformación y los truculentos movimientos nerviosos de la cara. Sólo pudo asombrarse, en ese caso, de que no se hubiera provisto antes de esa piadosa tapadera. Para un mendocino (lo mismo habría sido para un chileno), la idea en sí no tenía nada de extraño, en razón de la larga y venerable tradición de «tapados» (hombres enmascarados) con que contaba el país. De cualquier modo, era un momento en que se pedían objetos insólitos, y en los términos de la más radical urgencia, sin dar razones. Mandó a buscar la mantilla, y mientras esperaban les dio algunas indicaciones de sitios y flujos de guerra. Los felicitaba por la idea de ir a pintar las acciones, y estaba segura de que capturarían algunas imágenes interesantes. Sólo debían tomar precauciones, y no acercarse demasiado. ¿Estaban armados? Los dos llevaban revólver. No, por ella no debían preocuparse, porque la casa era segura. Ya había pasado varias veces por el mismo trance, y no la asustaba. Hasta intercambiaron bromas; los aguerridos pioneros se reían de las sinrazones del siglo. Su escala de valores incluía las incomodidades más escandalosas. Los indios para ellos eran parte de la realidad. ¿El extranjero quería pintarlos? No le veían nada de raro.

Aquí estaba la mantilla, de fino encaje negro. Rugendas la tomó reverencialmente, y lo primero que hizo fue evaluar su transparencia, que al parecer lo dejó satisfecho. Sin más se despidió, prometiendo la devolución de la prenda intacta a la caída de la noche. Para esa hora, dijo la señora con una risa heroica, quizás yo ya sea madame Pehuenche. ¡Dios no lo permita!, exclamó Krause inclinándose a besar la mano que ella le tendía.

Salieron. Un peón sostenía abierto el portal del patio, que trancarían cuando hubieran salido. Rugendas agitaba la mantilla en la mano como un loco, y se llevó por delante una columna de la galería. Saltaron sobre los caballos. ¡Hop! Pero el pintor había quedado al revés, mirando la cola. Los animales arrancaron, y él se cubría la cara con la mantilla, le ponía el sombrero encima, y se la ajustaba al cuello con un nudo en la nuca… Pero cuando buscaba las riendas, por supuesto que no las encontró… ¡El caballo no tenía cabeza! Ahí se dio cuenta de que estaba sentado al revés, y dio la vuelta, con maniobras de circo de pesadilla. Cuando terminó (Krause se había ido adelante, avergonzado) ya salían, y las enormes rejas se cerraban a sus espaldas con un ¡clan! al que respondían los pájaros.

La hermosa mañana sanrafaelina los recibía con cantos de libertad. El sol estaba saliendo entre los árboles. Se emparejaron. Rayo y Bayo estaban frescos y dóciles, el paso liso, las caras inexpresivas. ¿Todo bien?, preguntó Krause. ¡Sí! ¿Estás bien? ¡Sí! Se lo veía perfecto, era innegable. La cara envuelta en la mantilla. No se veía el daño que había sufrido. No era ése el objetivo de usarla, por supuesto. Le servía para filtrar la luz. Su pobre cabeza alterada, su sistema en ruinas, sufría por la luz directa; las pupilas ya no podían contraerse más, eran puntos, la droga anulaba el sistema elástico, y la iluminación se volvía inasimilable. Era como si hubiera dado un paso más hacia dentro de los cuadros. Por un curioso fenómeno de acostumbramiento, Krause adivinaba las muecas absurdas al otro lado del encaje negro.

La mañana era realmente gloriosa, una mañana de malón. No había una sola nube en el cielo, el aire tenía una vibración lírica, los pájaros peinaban los árboles. Un propósito había abierto la tapa de la caja del mundo: el combate, el enfrentamiento de las civilizaciones, como en los grandes comienzos de la historia. Salieron a una pradera amplísima, oyeron tiros a lo lejos, y se lanzaron al galope.

Krause no escribía cartas, o bien nadie se tomó la molestia de conservarlas. De modo que el registro de sus pensamientos sólo puede hacerse de modo indirecto, o especulativo. Rugendas había mencionado repetidamente que lo encontraba preocupado (en la descripción epistolar de su propio estado, Rugendas hacía de Krause un elemento retórico más, un «color» más: los sentimientos que le prestaba, y a veces le inventaba, servían para decir cosas sobre sí mismo que la delicadeza o la vergüenza le impedían decir en primera persona, por ejemplo: «K. opina que mis nuevos dibujos no han disminuido en calidad»). Sin faltar a sus deberes autoimpuestos de amigo, más bien acentuándolos, Krause tomaba una distancia pensativa y triste. En la cabalgata lo asaltaron ideas lúgubres sobre el estado de salud de su amigo. Se sentía culpable por acceder a esta locura, y algo más que eso: ya el hecho de emprenderla tenía un aire de «qué más da», como darle un último gusto a un moribundo. Era eso lo que coloreaba todas sus reacciones: que la muerte hubiera ido a dar un picotazo entre ellos, no importaba si por el momento era previo o anticipatorio. En el transcurso de un viaje se ve tanta gente, tanta humanidad, que parecía injusto que el segundero se detuviera en uno. A uno le resultaba tan natural no preguntarse «¿Por qué a él?» que la pregunta «¿Por qué a mí?» sonaba escandalosa e imposible. Claro que en el caso de Krause no era «¿Por qué a mí?» sino «¿Por qué a él?»; pero la unión estrecha entre los dos le daba una nueva vuelta de tuerca a la pregunta, que llegaba a su forma más perturbadora: «¿Por qué a mí no?». De pronto se veía como un sobreviviente, un heredero, con todo Rugendas dentro de él arrastrado por una inmensa tracción de tiempo. Si ellos dos eran toda la humanidad, como muchas veces le había parecido serlo, por una simplificación natural del pensamiento, había habido la misma cantidad de probabilidad de que le tocara a uno o a otro. Y aun cuando le tocara a uno, el equilibrio persistía. Después de todo, esta jornada esplendorosa de malón podía ser recordada como «el día en que murió Krause». Para eso seguían juntos, pese a todo lo que podía haberlos separado. Ésa era la función del socio: sobrevivirse, en la vida y en la muerte. Y si de ahí se derivaban lamentables sentimientos de culpa y de nostalgia, la melancolía resultante llenaba una función en el sistema general de la euforia: sólo en la melancolía podían surgir buenas ideas sobre los muertos, y esas ideas podían ser útiles al procedimiento.

Los indios eran el contagio. ¿Adónde estaban? Iban hacia ellos, como en una ilustración, en el amanecer resplandeciente. Habían encontrado por casualidad un camino, que debía de ser el del puesto de Correos, y se precipitaron por él, oyendo cada vez más cerca los tiros y, a partir de cierto punto, gritos. Era la primera vez que oían indios.

Al transponer los paralelos de unas alamedas delgadas, pudieron ver la acción, la primera de aquella jornada memorable. Al fondo, el edificio blanco del puesto, pequeño como un dado. Antes, una partida de ganaderos disparando al aire desde sus caballos, y los indios corriendo en los suyos, a los gritos. Todo era velocísimo, incluidos ellos, que bajaban a ese vallecito a rienda suelta. La mecánica del encuentro, que se repitió en todos los que presenciaron después, era la siguiente: los salvajes disponían sólo de armas cortantes y punzantes, chuzas, lanzones y cuchillos; los blancos usaban escopetas, pero las disparaban al aire con fines disuasivos; de ese modo los segundos mantenían la distancia que necesitaban franquear los primeros para efectuar la matanza. Era así como iban y venían. Para sostener este equilibrio se necesitaba una gran velocidad; ambos bandos la aceleraban constantemente, y como el otro debía mantenerse a la par, llegaban casi de inmediato a la

saturación. La escena era muy fluida, muy lejana, se agotaba en una óptica de apariciones...

Era demasiado bueno para no dibujarlo. Lo hicieron, sin apearse de los caballos, apoyando el papel en los tableros portátiles. Cuando volvieron a mirar, ya no había nadie. Krause echó una ojeada al croquis de su amigo. Se le hacía extraño e inquietante verlo dibujar escondido dentro del capullo negro. Le preguntó si veía bien.

Nunca había visto mejor. En lo profundo de su noche mantilla el pinchazo de aguja que era su pupila lo despertaba al panorama del día claro. Y la leche en polvo de amapolas, sustancia activa de los analgésicos, proporcionaba sueño suficiente para volver a despertarse diez veces por segundo.

Pero metieron los papeles en el morral y lanzaron otra vez los caballos, porque esa escena no había sido más que un aperitivo. Y al salir del valle (suerte de principiantes) pudieron ver una partida de un centenar de indios escabulléndose hacia el norte, seguramente rumbo a alguna de las fincas desguarnecidas de la zona. Ahí también tomaron apuntes; Rugendas llenó cinco hojas antes de que ese grupo se perdiera de vista. Emprendían la marcha cuando los cruzó una escuadra de ganaderos, a los que pudieron darles indicaciones. Se hacían útiles, aun manteniéndose *au dessus de la melée*.

Al quedar solos, descendieron al paso hacia el sur, intercambiando sus primeras impresiones. Por suerte los dos tenían buena vista. Al parecer tendrían que resignarse a ver a los indios pequeños como soldaditos de plomo. Pero los detalles estaban ahí, hacían una violenta impresión en sus retinas y se amplificaban en el papel. De hecho, si querían podían dibujar detalles sueltos. El detalle que les interesaba era la fugacidad, la organización en el azar, la velocidad de organización. El procedimiento del combate indios-blancos se reproducía en el de los pintores: había un equilibrio de cercanías y lejanías al que había que sacarle el máximo provecho.

A la vuelta de una altura volvieron a ver acción, esta vez los indios escapándose hacia arriba de un faldeo escabroso, con los caballos vueltos cabras, y dejando abandonadas decenas de novillos robados, entre los cuales los ganaderos descargaban su fusilería. La escena era sumamente pintoresca. El carboncillo empezó a volar sobre el papel. La montaña, sobre la que daba el sol en perpendicular, se volvía pista de carreras de escape, como la cola abierta de un pavo real. Había que tener cuidado de no exagerar en el dibujo, porque en el ascenso los jinetes indios corrían el riesgo de volverse pegasos. Con todo, el realismo estaba asegurado en tanto lo tomaran con naturalidad, y ahí la prisa, la solución de las perspectivas sobre la marcha, ayudaba.

Cuando los indios hubieron desaparecido, se acercaron de un galope a ver en qué se entretenían los ganaderos. Los tiros habían hecho efecto sobre la novillada. Algunos animales habían muerto, otros se mantenían en pie infartados. Los hombres discutían por las marcas, que estaban mezcladas y faltaban en algunos ejemplares recién destetados. Para los alemanes era una novedad que las marcas a fuego resultaran objeto de discusión; siempre habían pensado en ellas como en signos, destinados a una lectura unívoca. Ahí les informaron que tropas del fuerte estaban combatiendo cuerpo a cuerpo en los corrales del Tambo, a dos leguas de donde estaban. Agradecieron el dato y partieron.

Pero a medio camino tuvieron que hacer otro alto, el cuarto, para tomar apuntes de un encontronazo en los vados de un arroyo. Empezaban a convencerse de que había indios por todas partes. Como suele sucederle a los coleccionistas, no era la falta sino el exceso lo que podía ser un problema. Evidentemente los demonios usaban la dispersión como un arma más.

Era como ir recorriendo los ambientes de una casa durante una fiesta, de la sala al comedor, del dormitorio a la biblioteca, del cuarto de planchar al balcón, y en todos ellos encontrar invitados ruidosos y alegres, algo alcoholizados, escondiéndose para besuquearse o buscando al dueño de casa para pedirle más cerveza. Salvo que era una casa sin puertas ni ventanas ni paredes, hecha de aire y distancia y ecos, y de colores y formas de paisaje.

Este arroyo podía ser la sala de baño. Los indios querían acercarse pero se alejaban; los blancos querían alejar pero para lograrlo debían acercar (para asustar más con los estampidos). Los caballos se enloquecían en estas ambivalencias, se zambullían, salpicaban, o simplemente se ponían a beber muy tranquilos mientras sus jinetes se desgañitaban en fugas y persecuciones simultáneas. Había una plasticidad infinita (o al menos algebraica) en la escaramuza, y como Rugendas la estaba tomando desde más cerca que las anteriores, lanzaba el lápiz en escorzos de musculatura distendida y contraída, cabelleras mojadas pegándose a hombros sumamente expresivos...

Todo lo que se dibujaba en ese presente explosivo era material para futuras composiciones, pero aun lo provisorio tenía un límite. Se diría que cada volumen representado al vuelo en el papel tendría que ser reunido con los demás, en la calma del gabinete, borde con borde, como un rompecabezas, sin dejar blancos. Y realmente sería así, porque todo era volumen, hasta el aire, en la magia del dibujo. Salvo que para Rugendas ya no había «calma del gabinete» sino horrendas torturas, narcóticos y alucinaciones. Los salvajes se dispersaban en estrella, y cuatro o cinco lo hicieron subiendo por los oteros donde se hallaban los pintores. Krause sacó el revólver y tiró un par de veces al aire; Rugendas estaba tan compenetrado que se limitó a escribir en su hoja: BANG BANG. Los indios debieron de asustarse de la cabeza envuelta en encaje negro, porque se escurrieron sin más por los costados. Ellos bajaron al arroyo a que se refrescaran los caballos: habían andado mucho y entre una cosa y otra se había hecho la media mañana. Se pusieron a conversar con los hombres que habían quedado en el cauce. Eran soldados del fuerte: habían venido desde el Tambo persiguiendo a esos indios, y ahora volvían a él. Lo harían juntos.

A Krause le resultaba curioso que ni estos hombres, ni los que habían visto antes, hubieran mostrado ninguna extrañeza por la máscara que cubría la cara del pintor. Pero era bastante lógico que lo tomaran con naturalidad, porque lo normal en estos apuros era la adaptación de elementos cualesquiera a cualquier fin. También en circunstancias normales hay una explicación para todo; en las anormales, la explicación misma tiene explicación.

Al parecer en el Tambo había una batalla en regla; los soldados estaban apurados por partir. Krause propuso que ellos dos se tomaran una horita de descanso en esas orillas frescas; lo alarmaba el estado de sobreexcitación de su amigo, y las consecuencias que pudiera tener para su sistema. Pero Rugendas no quería saber nada; decía que todavía no había empezado. ¡Había tanto que hacer, en el presente! Desde ese punto de vista era cierto: no había empezado, y no empezaría nunca.

Allá fueron, entonces, con los soldaditos, que chanceaban y se jactaban de hazañas cómicas. Todo parecía bastante inofensivo. ¿Y esto era un malón? ¿Un hecho pictórico? Estaba la posibilidad de que diera un giro y mostrara su famosa cara sanguinaria. Pero si no lo hacía, lo mismo daba.

No llegaron al Tambo. A medio camino Rugendas tuvo una crisis, y de las fuertes. Los soldados se alarmaron de sus gritos y culebreos sobre la montura. Krause tuvo que decirles que siguieran adelante, que él se hacía cargo. Había un montecito cerca, y hacia él fueron los dos, el enfermo arrancándose el sombrero y echándolo a volar, y dándose puñetazos en las sienes. Lo que más había turbado a los soldados era oír los gritos de dolor saliendo de adentro de la mantilla negra. No podían relacionarlos con una expresión subjetiva. Curiosamente, a Krause le estaba pasando lo mismo. Hacía horas que cabalgaba y dibujaba con su amigo sin verle la cara, y los gritos le hacían comprender que ya no podía reconstruirla. Se apearon a la sombra. Rugendas tomó sus remedios entre convulsiones, todos juntos, sin medir, y se quedó dormido. Se despertó a la media hora, sin dolores agudos pero en un torpor alucinado. El único hilo que lo unía a la realidad era la urgencia por seguir de cerca los acontecimientos. Claro que a esta altura el malón parecía un desvarío más. No se había sacado la mantilla, que ahora debía de necesitar más que nunca, y Krause no se atrevió a pedirle que se la quitara un instante para verlo. Empezaba a hacerse ideas raras sobre lo que habría al otro lado del encaje. Por más que hizo, no pudo detenerlo. Lo tuvo que ayudar a montar, y al tocarlo le producía impresión lo helado que estaba.

El Tambo fue lo mejor del día, en términos de fisionomía de combate. Lo tomaron desde varios puntos de vista, y durante horas, hasta pasado el mediodía. Fue una constante parada de indios, que compensaba la fugacidad con la reaparición. A Rugendas los dibujos le salían pluralistas. ¿Pero acaso no era siempre así? Hasta cuando dibujaba uno de los diecinueve vegetales del procedimiento, estaba contando con la reproducción que lo devolvería a su número, para seguir haciendo naturaleza. Los indios, en sus repasadas de biombo, estaban haciendo historia, a su modo.

Las posturas que adoptaban los indios sobre sus caballos no se podían creer. Formaban parte de un sistema de amedrentamiento y exhibición a distancia. Tenía algo de circo, con tiros en lugar de aplausos. No les importaban las leyes de la gravedad, y ni siquiera ser apreciados en todo su valor; es cierto que las posturas no tenían ningún valor en sí. Rugendas debía rectificarlas en el papel, donde regía un verosímil de composición estática. En los esbozos no la rectificaba del todo, de modo que quedaban restos de su extrañeza real, restos en cierto modo arqueológicos porque había que cavar en la velocidad para vislumbrarlos.

Del Tambo, que era un complejo de edificios bajos con largos anexos de corrales, salían partidas volantes de soldados haciendo sonar toda su mosquetería; los círculos salvajes se rompían momentáneamente, y volvían a emprenderse segundos después. Las vacas lecheras se habían echado, y se las veía como bultos oscuros. Las danzas de los jinetes salvajes llegaron a un extremo de fantasía cuando empezaron a exhibir cautivas. Este rasgo era uno de los más característicos, casi definitorio, de los malones. Junto con el robo de ganado, el de mujeres era el motivo de tomarse la molestia. En la realidad, era un hecho infrecuentísimo; funcionaba más bien como excusa y mito propiciatorio. Las cautivas que estos indios del Tambo no habían logrado atrapar las mostraban de todos modos, en un gesto desafiante, y también él muy plástico.

Allí venía, dando la vuelta a la colina del torrente, un grupito de salvajes vociferantes, las chuzas en alto: ¡Huinca!, ¡mata!, ¡aaah!, ¡iiih! Y en medio de ellos, triunfante, un indio que era el que más gritaba, y traía abrazada, cruzada sobre el cuello del animal, una «cautiva». Que no era tal, por supuesto, sino otro indio, disfrazado de mujer, y haciendo gestos afeminados; pero era tan burdo el engaño que no habría engañado a nadie, ni siquiera a ellos mismos, que parecían tomárselo a la chacota.

Y ya fuera por el chiste, ya por el valor simbólico del gesto, lo llevaron más lejos. Uno pasó abrazando una «cautiva» que era una ternera blanca, a la que le hacía arrumacos jocosos. Los tiros de los soldados se multiplicaban, como si los pusiera furiosos la burla, pero quizás no era así. Y en otra pasada, ya en el colmo de la extravagancia, la «cautiva» era un descomunal salmón, rosado y todavía húmedo del río, cruzado sobre el pescuezo del caballo, abrazado por la fuerte musculatura del indio, que con sus gritos y carcajadas parecía decir: «Me lo llevo para reproducción».

Todas estas escenas eran mucho más de cuadros que de la realidad. En los cuadros se las puede pensar, se las puede inventar; con lo cual pueden sobrepasarse en extrañeza, en incoherencia, en locura. En la realidad, en cambio, suceden, sin invención previa. Frente al Tambo estaban sucediendo, y a la vez era como si se estuvieran inventando a sí mismas, como si manaran de las ubres de las vacas negras.

Habría sido imposible trasladarlo al papel, ni siquiera en alguna especie de taquigrafía, de haber estado cerca. Pero la distancia lo volvía otra vez cuadro, al incluirlo todo: indios, ronda, Tambo, soldados, pista, tiros, gritos, y la visión general del valle, las montañas, el cielo. Había que hacerlo todo pequeño como puntos, y prepararse para reducirlo más todavía.

Se producía una cascada transitiva y transparente en cada círculo, y desde ella se recomponía el cuadro, como arte. Figuras pequeñitas correteando en el paisaje, bajo el sol. Claro que en el cuadro se las podía ver de muy cerca, aunque fueran minúsculas como granos de arena; el espectador podría acercarse cuanto quisiera, aplicar la visión microscópica, y ver los detalles. En los detalles, a su vez, se recuperaba lo extraño, lo que cien años después se llamaría «surrealista», y en aquel entonces era la «fisionómica de la naturaleza», vale decir el procedimiento.

El desfile seguía. Las velocidades oscilaban. No parecían cansarse nunca. De pronto hubo una salida de todos los soldados a la vez, y los indios se disiparon rumbo a las montañas. Se estableció una especie de tregua, que nuestros amigos aprovecharon para entrar al Tambo, donde se estaba llevando a cabo un velorio. Uno de los tamberos ordeñadores había sido asesinado por los indios a primera hora de la mañana. Las mujeres habían tenido que reconstituir el cadáver. Era una baja. Los dos alemanes pidieron respetuosamente permiso para hacer un esbozo. Comentaron que hallar al culpable no sería tarea fácil, si es que se emprendía alguna vez. Después hicieron una recorrida por las laberínticas instalaciones, y aceptaron la invitación a almorzar que se les hizo. Hubo asado, y nada más que asado (ni siquiera pan para acompañar). «Asado de indio», decía el soldado asador, con risotadas. Pero era de ternera, muy tierna y a punto. Bebieron agua, porque a la tarde tendrían mucho que hacer. Como todos se retiraron a hacer la siesta, Krause tuvo un buen argumento para que Rugendas se recostara un rato. Fueron a tirarse a la orilla del torrente.

Krause estaba intrigado. No habría creído que su amigo aguantara el ritmo, pero lo veía dispuesto a seguir haciéndolo, y sin mostrar la cara. Había comido (muy poco) alzando apenas los faldoncillos de mentón de su mantilla máscara, y a la tímida pregunta de su amigo de si no era molesto comer así había respondido que la luz del mediodía podría herirle los ojos como una navaja. Krause nunca lo había visto tan precavido en las excursiones recientes, ni siquiera en días de mucho resplandor o de gran ingesta de analgésicos. Por cierto que ésta era una ocasión especial. De todos modos, era raro en alguien tan atildado como Rugendas que siguiera con la mantilla toda pegoteada de grasa.

Volvió a tomar leche en polvo de amapola, pero esta vez no se durmió. Siguió despierto detrás del encaje negro impenetrable, y como Krause tampoco dormía, revisaron los dibujos y conversaron. El acopio era generoso, pero la calidad, y la reconstrucción consiguiente, era otro cantar. Las tomas sueltas que había hecho cada uno de ellos no tenían otro objeto que el de formar historias, escenas de historias. Las englobaba la historia general del malón, pero éste era apenas un episodio del largo combate entre las civilizaciones. Desde un nivel de la fragmentación se reconstruía otro nivel. Para entender la reconstrucción, hay una sola equivalencia, y bastante imperfecta, aunque puede dar una idea. Supóngase un policía genial haciéndole un resumen de sus investigaciones al marido de la muerta, al viudo. Con sus deducciones sutiles ha podido «reconstruir», precisamente, cómo se llevó a cabo el asesinato; lo único que le falta es la identidad del asesino, pero por lo demás ha dado en el clavo, casi mágicamente, en todo lo que pasó, como si lo hubiera visto. Y su interlocutor, el viudo, que en realidad es el asesino, tiene que reconocer que ese policía es un genio, y lo tiene que reconocer porque realmente pasó así como se lo dice; pero al mismo tiempo, él que sí vio cómo pasaba, por ser el único testigo presencial vivo, además de ser el principal actor, no puede identificar lo que pasó con lo que le está contando este policía, y no porque haya errores, grandes o chicos, o detalles equivocados, sino porque no tiene nada que ver, hay un abismo tal entre una historia y otra, o entre una historia y la falta de historia, entre lo vivido y lo reconstruido (aun cuando la reconstrucción esté hecha a la perfección) que directamente no les ve relación alguna; con lo que se convence a sí mismo de que es inocente, de que él no la mató.

También habría que pensar, y así se lo decían los dos amigos, que el indio seguía siendo indio aun fragmentado a su mínima expresión, por ejemplo un dedo del pie, a partir del cual se podía reconstruir al indio entero; el ejemplo en el que ellos pensaban era otro: no el dedo del pie, ni la célula, sino el trazo del lápiz sobre el papel que esbozaba el contorno del dedo o la célula.

A Krause todo esto lo llevaba a una conclusión casi tan asombrosa como la del asesino inocente: que los indios no eran compensatorios. En realidad, era una conclusión de una vieja idea suya (y de otros): que cada defecto físico, aun menor, aun inevitable, como las pequeñas decadencias imperceptibles que va infligiendo la vejez, necesitan una compensación, y ésta se da en la forma de inteligencia, sabiduría, experiencia, talento, saber actuar, don de gentes, poder, dinero, etcétera. Era por eso que Krause el dandy apreciaba tanto su prestancia física, su apostura, su juventud; porque eso lo liberaba de tener todo lo otro. Aun así, no podía evitar, por civilizado, estar en el sistema de la compensación. La pintura como arte electivo cumplía en él la función de asegurar el mínimo necesario. El mínimo que hasta hoy había creído absoluto, y sin el cual suponía que no se podía seguir viviendo. Pero he aquí que hoy había visto a los indios, y debía reconocer que ese mínimo no era respetado, al revés, lo burlaban como objetos de la pintura. Los indios no necesitaban compensación alguna, y sin necesidad siquiera de ser apuestos y elegantes podían permitirse también ser perfectamente brutos y desagradables. ¡Qué lección para él!

Pero no bien lo hubo dicho recordó el estado en que se encontraba la cara de su pobre amigo (aunque oculta tras la mantilla) y lo que podría interpretar de su discurso.

Sus escrúpulos eran innecesarios, porque Rugendas estaba perdido en la más profunda de las alucinaciones: la aninterpretativa. En cierto modo, era él quien había llegado al extremo de la no compensación. Pero no lo sabía, ni le importaba.

La prueba de este logro era que en su diálogo silencioso con su propia alteración (de apariencia y perceptiva) veía las cosas, no importaba cuáles fueran, y las encontraba dotadas de «ser», como los borrachos en la barra de un tugurio infecto, que fijan la mirada en una pared descascarada, en una botella vacía, en el borde de un marco de ventana, y lo ven surgir de la nada en que su serenidad interior los ha sumido. ¡Qué importa lo que sean!, dice el esteta en el colmo de la paradoja. Lo que importa es que son.

Se dirá que esos momentos alterados no representan el verdadero yo. ¿Y con eso qué? ¡Había que aprovecharlos! En ese momento, el pintor era feliz. Cualquier borracho, para seguir con el símil, puede atestiguarlo. Pero, por alguna razón, para ser más feliz todavía (o menos feliz todavía, que es más o menos lo mismo) hay que hacer las cosas que sólo se pueden hacer en estado normal. Por ejemplo ganar plata, que es la actividad que requiere más lucidez, para poder seguir costeándose éxtasis. Eso es contradictorio, paradójico, intrigante, y quizás sea una prueba de que lo compensatorio no es tan fácil de deducir.

La realidad misma puede llegar a un estadio de «no compensatorio». Aquí hay que recordar que Mendoza no es el trópico, ni siquiera como licencia poética. Y Humboldt había puesto a punto el procedimiento en sitios como Maiquetía o Macuto…

En la verdadera tristeza del trópico, que es intransferible. En la noche que cae en mitad del día, el mar que vuelve y vuelve sobre Macuto, con esa monotonía inútil, y esos niños zambulléndose siempre desde la misma roca... ¿Con qué objeto? ¿Con qué objeto vivían? Para crecer y llegar a ser unos ignorantes seres primitivos que (encima) llegarían a su plena expresión cuando fueran unas despreciables ruinas humanas.

A la tarde todo fue volviéndose más y más insólito. La actividad se había desplazado definitivamente del Tambo, por lo que los dos alemanes partieron a la busca de más vistas, guiados por ruidos y rumores. Si el valle sanrafaelino era un palacio de cristal, y los subvalles del torrente sus alas y patios, los indios estaban saliendo de los armarios, como secretos mal guardados. Las escenas se sucedían, pero al imprimirse en el papel preparaban otras sucesiones, que revertían sobre la original. El paisaje, por su parte, seguía inmutable. La catástrofe se limitaba a meterse en él por un extremo y salir por el otro, sin alterarlo.

Los dos alemanes seguían en la suya. Las nuevas impresiones del malón reemplazaban a las viejas. A lo largo de la jornada se produjo una evolución, que no se completó, hacia un saber no mediado. Hay que tener en cuenta que el punto de partida era una mediación muy laboriosa. El procedimiento humboldtiano era un sistema de mediaciones: la representación fisionómica se interponía entre el artista y la naturaleza. La percepción directa quedaba descartada por definición. Y sin embargo, era inevitable que la mediación cayera, no tanto por su eliminación como por un exceso que la volvía mundo y permitía aprehender al mundo mismo, desnudo y primigenio, en sus signos. Al fin de cuentas, es algo que pasa en la vida de todos los días. Uno se pone a charlar con el prójimo, y trata de saber qué está pensando. Parece imposible llegar a averiguarlo si no es por una larga serie de inferencias. ¿Qué hay más encerrado y mediado que la actividad psíquica? Y aun así, ésta se expresa en el lenguaje, que está en el aire y sólo pide ser oído. Uno se estrella contra las palabras, y sin saberlo ya ha llegado al otro lado, y está en el cuerpo a cuerpo con el pensamiento ajeno. A un pintor le pasa lo mismo, *mutatis mutandis*, con el mundo visible. Le pasaba al pintor viajero. Lo que decía el mundo era el mundo.

Y ahora, como complemento objetivo, el mundo había parido repentinamente a los indios. Los mediadores no compensatorios. La realidad se hacía inmediata, como una novela. Sólo faltaba la concepción de una conciencia que fuera ya no sólo conciencia de sí misma sino también de todas las cosas del universo. Y no faltaba, porque era el paroxismo.

La tarde no fue una repetición de la mañana, ni siquiera invertida. La repetición siempre es sólo la espera de la repetición, no la repetición misma. Pero dentro del paroxismo no se esperaba nada. Simplemente las cosas sucedieron, y la tarde resultó distinta de la mañana, con sus aventuras propias, sus descubrimientos, sus creaciones.

Al fin, Rugendas cayó sobre el papel, se derrumbó, presa de una horrenda desintegración cerebral. Detrás del globo de encaje negro, que la respiración inflaba y desinflaba trabajosamente, se oían unos gemidos sin fuerza. Resbaló por el pescuezo de Rayo, con el carboncito todavía haciendo piruetas en el aire, y se fue al suelo. Krause se apeó a auxiliarlo. Allá a lo lejos, en un soberbio marco de rosas y verdes, los indios se perdían en desbandada, tan minúsculos como si estuvieran montados en mosquitos.

Krause, como una madonna dolorosa, sostenía el cuerpo desvanecido de su amigo y maestro, bajo coronas de follaje multiplicadas al infinito. Los trinos de una Cefalónica celeste rodeaban el silencio. Caía la tarde. Había venido cayendo desde hacía un buen rato.

Con las últimas luces, que se prolongaban milagrosamente, soldados y ganaderos confluían en el fuerte a hacer un balance de la jornada. Los caballos estaban exhaustos, los jinetes iban cabizbajos y hablaban con ronquidos fúnebres; todos estaban tiznados de pólvora, empolvados, algunos se dormían en el camino. A una de las partidas se unió Krause, que había echado a Rugendas sobre el lomo del caballo, dormido a fuerza de leche en polvo de amapola, con la cabeza colgando a un lado, a la altura del estribo, que como un badajo le daba un «toc» a cada paso. Aclaremos que la cabeza seguía envuelta en la mantilla. Llegaron al fuerte ya de noche cerrada, y más les valía llegar porque era una noche completamente negra.

A las dos horas Rugendas se despertó, en un estado deplorable. Las alternancias de salud y enfermedad que había sobrellevado a lo largo de esa jornada increíble lo habían dejado en la miseria. Lo que hizo fue ponerse inmediatamente a trabajar. Pero aquí le pasó algo bastante curioso y fue que no se sacó la mantilla, simplemente porque se había olvidado que la tenía puesta. En la sala de situación del fuerte, donde se hallaban, había encendido apenas un par de velas, y en el enorme recinto reinaba una penumbra tenebrosa. Con el velo, el pobre pintor no veía nada, y no lo sabía. Tantas alteraciones había tenido su visión durante el día que por el momento le daba lo mismo no ver. En la ceguera, sus movimientos tuvieron giros fantasiosos, y su manipulación de los papeles llamó la atención. Porque se le había ocurrido hacer una clasificación de escenas; y como no las veía, se le mezclaban tanto que reproducía, con todo su cuerpo y con las imaginables restricciones impuestas por sus nervios rotos, las posturas de los indios. Krause no pudo soportar la vergüenza ajena y salió discretamente, como si fuera a realizar alguna función fisiológica. Un poco más brutales, soldados y ganaderos admiraban absortos al monigote con la cabeza de envoltorio. A ninguna de las dos partes se le ocurría la solución natural, que era arrancarse ese trapo: a Rugendas porque había llegado a hacérsele natural, demasiado natural; a los otros, por lo opuesto; el único que por hallarse en el punto medio podía haber tenido la sensata idea, no estaba presente.

En ese momento Krause estaba viviendo su propia revelación. Al salir, deprimido y preocupado por todo, se había enfrentado con la más negra de las noches. Por puro remanente visual sentía los bosques y montañas, como masas negras fundidas en el negro general. En sus melancólicos pensamientos dejó pasar un lapso de tiempo, no muy bien definido, y de pronto notó que lo estaba viendo todo: las montañas, los árboles, los caminos, los panoramas en perspectivas un poco oníricas... ¿Lo veía, o lo sabía? Pensó en el prodigio ultrafisionómico de la mirada, la dilatación de la pupila, y la gran lectura del cerebro. No había nada de eso. Solo había salido la luna. Sin embargo, había acertado de todos modos.

Adentro también habían estado esperando que saliera la luna para emprender el regreso cada uno a su casa. Se pusieron los sombreros, y ya salían. Fue entonces cuando Rugendas, que había estado oyendo sus conversaciones con algún margen de atención, hizo una asociación de ideas y viendo al dueño de la casa en la que se habían alojado la noche anterior, que lo invitaba a reunírseles, se acordó de la esposa de éste, y de la mantilla, y entonces sí, se llevó las manos a la cabeza, palpó el encaje, se dio cuenta de que lo tenía puesto, y se lo arrancó sin molestarse en deshacer los nudos. Sin tomar en cuenta que estaba hecha un trapo inmundo, maloliente e impregnado de grasa, sudor y polvo, se la tendía al ganadero tratando de pronunciar, con la lengua tiesa, un agradecimiento para su esposa… Todas las miradas se habían fijado en él, con asombro igual al espanto. Cuando su interlocutor pudo hablar al fin, balbuceó una negativa, todavía sin sacarle la vista de encima: le quería decir que se la podría devolver y agradecer él mismo a la señora, ya que suponía que lo acompañarían de regreso a la finca, para pernoctar. Pero como el monstruo insistía la tomó, interrumpió la conversación, que no daba para más, y se quedó mirándolo fijo. ¡Qué feo! Si no había aceptado de entrada esa verónica inmunda era porque inconscientemente quería decir: Déjesela puesta.

Salieron todos juntos, y Krause al verlos fue a buscar sus dos caballos; él también daba por supuesto que volvían a la finca de donde habían partido a la mañana. Al venir con los dos brutos de la brida, tardó un instante en darse cuenta de que su amigo se había sacado la máscara. A él también, aunque por el otro lado, se le había hecho natural. La luz de la luna daba de lleno en la cara, que ahora parecía más grande y más terrible. Quedó suspendido un instante. Los hombres empezaron a montar y marcharse. Krause había pensado que tendría que cargarlo, pero a Rugendas se lo veía en pie, y, salvo la cara, bastante sólido. La cara ocupaba los compartimentos de la noche. ¿Era la luna la que iluminaba la cara, o la cara la que iluminaba la luna?

Sea como fuera, Rugendas tenía otros planes. Para la inmensa sorpresa de Krause, tenía planes para la noche. Parecía increíble, pero quería seguir las actividades. ¿Qué importaba la enfermedad, si justamente los remedios que había tomado para combatirla le hacían recomenzar todo con perfecta energía? Y recomenzar era la tarea más repetida del mundo. De hecho, sólo ahí se daba la Repetición: en el comienzo. Era Krause, no él, quien por efecto de la salud estaba en una línea única, un continuo, sin comienzo ni fin.

Lo que le dijo no lo entendió. La cara se había impuesto a todo lo demás, aun a la palabra. Además, no había tiempo para hablar porque ya estaban cabalgando, ellos dos solos, y no rumbo a la finca sino bosque adentro, por las tubas, por los golletes, los caballos zapateando como pulpos de bronce, hacia el sur, hacia lo desconocido, navegando la brújula facial. Siluetas altas y delgadas, como si cabalgaran en jirafas, todo en negro y sin embargo visible, se precipitaban succionados cada vez por una placa de espacio diferente y más alejada, se filtraban en los grises del negro. Los ecos del galope se les adelantaban y rebotaban advirtiéndoles de los obstáculos. En eso se parecían a los murciélagos. Pero además de parecerse, rozaban murciélagos, de los que esas laderas estaban repletos, y a esa hora salían de sus cuevas. Es rarísimo sentir el roce de un murciélago, porque esos animalitos están dotados de un mecanismo antichoque infalible. Pero el roce no es un choque, y en ocasiones la velocidad misma lo permite. Fue lo que le pasó en esta ocasión a Rugendas. Un murciélago en dirección contraria a la suya le acarició la frente. Fue apenas un centésimo de segundo; podría haberse confundido con el pasaje de una brisa, o la excitación casual de una célula. Pero la delicadeza siempre tiene una explicación en el mundo de la naturaleza. Y esta delicadeza era suprema, no podía haber nada igual, no sólo por la mecánica con que se realizaba sino sobre todo por la materia sobre la que tenía lugar: una frente en la que todos los nervios se habían desenganchado. ¿Cómo pedir más suavidad, más sutileza?

Esta parte final del episodio fue más inexplicable todavía que el resto. Pero no podemos dudar de su realidad porque quedó documentada en el epistolario posterior del artista. En él se disculpa con familiares y amigos, con su hermana sobre todo, por lo que llama su «osadía», y que más bien fue temeridad: ir a ver a los indios de cerca para tomar los primeros planos y completar los esbozos del día. Claro que en sus palabras habría que leer una cierta ironía. Al fin de cuentas, ¿qué podía pasarle? Que lo mataran, nada más. Y eso era un detalle sin importancia. De hecho, cuando sus corresponsales vieran los cuadros resultantes, es decir, cuando su producción llegara a las galerías o museos europeos, con toda seguridad él ya habría muerto. El artista, en tanto artista, siempre podía estar muerto. Era un poco absurdo querer preservarlo. Cualquier pequeño o gran accidente podía matar a un hombre, o a mil, o a mil millones a la vez. Si la noche matara, moriríamos todos poco después de la puesta de sol. Rugendas podía decir como todos, y especialmente después de lo que le había pasado: «Ya viví bastante». Como el arte es eterno, no se pierde nada.

Él abría la marcha. Le había oído decir a los soldados en el fuerte que los indios solían hacer un vivac no muy lejos cuando terminaban las batallas. Cansados de las distancias que daban forma al malón, eran lo primero que dejaban caer, y se quedaban a dos pasos.

Ya fuera por eso, ya por la velocidad de la carrera, llegaron casi de inmediato. El lugar era una cascada, junto a la cual se extendía una gran mesa de esquisto rosado, y sobre ésta los indios estaban cenando. Habían hecho hogueras y se habían sentado en círculos alrededor. No eran mil. Eso había sido una exageración. Eran cien. Las vacas robadas estaban en la praderita adyacente, rodeadas por los caballos, que les impedían dispersarse. Habían carneado una veintena, para asar costillares y lomitos, y ya habían empezado a comer. Decir que quedaron atónitos al ver irrumpir en el círculo de luz al pintor monstruo, sería poco. No daban crédito a sus ojos. No podían. Eran una fraternidad de hombres: no había mujeres ni niños entre ellos. Si hubieran querido, dijeran lo que dijeran, habrían podido volver con el botín a sus tiendas en unas pocas horas de marcha. Pero se tomaban la noche libre: con la excusa del malón, dejaban a sus esposas esperando, preocupadas y muertas de hambre. Y no es que necesitaran ocultarse de ellas para emborracharse y hacer barbaridades; lo hacían de puro incorregibles nada más, como un suplemento maldito a sus correrías. Justamente, habían empezado bebiendo, a puro copetín andino, del pico de las botellas que habían alcanzado a robar. La borrachera y el sentimiento de culpa se les juntaron en un espanto único al ver ese rostro iluminado por la luna, ese hombre que se había vuelto todo cara. Ni siquiera vieron lo que hacía: lo veían a él. Jamás podrían haber adivinado de dónde salía. ¿Cómo iban a saber que existía un procedimiento de representación fisionómica de la naturaleza, un mercado ávido de grabados exóticos, etcétera? Si ni siquiera sabían que existía el arte de la pintura; y no porque no lo tuvieran, sino porque lo tenían en la forma de un equivalente, cualquiera que fuese (no sabían cuál era). De modo que Rugendas no tuvo el menor inconveniente en sumarse a la ronda del fuego, abrir su bloc de buen papel Canson y poner en acción la carbonilla y la sanguina. Ahora sí los tenía cerca, con todos los detalles: las bocazas de labios como salchichones aplastados, los ojos de chino, la nariz como un ocho, las crenchas duras de grasa, los cuellos de toro. Los dibujaba en un abrir y cerrar de ojos. Estaba aceleradísimo (en términos de procedimiento) por el efecto de rebote de la morfina. Pasaba de una cara a otra, de una hoja a la siguiente, como el rayo que cae sobre la pradera. Y la actividad psíquica a que esto lo inducía... Aquí hay que hacer una especie de paréntesis. La actividad psíquica se traduce en gestos de la cara. En el caso de Rugendas, con los nervios de la cara todos cortados, la «orden de representación» que procedía del cerebro no llegaba a destino, o mejor dicho llegaba, eso era lo peor, pero deformada por decenas de malentendidos sinápticos. Su cara decía cosas que en realidad él no quería decir, pero nadie lo sabía, ni él, porque él no se veía; todo lo contrario, lo único que veía eran las caras de los indios, horrendas también, a su manera, pero todas iguales. La de él no se parecía a nada. Había quedado como esas cosas que no se ven nunca, como los órganos de la reproducción vistos desde dentro. Pero no exactamente como son, porque en ese caso serían reconocibles, sino mal dibujados.

Las lenguas del fuego se alzaban de las hogueras y lanzaban reflejos dorados sobre los indios, encendiendo un detalle aquí y otro allá, o apagándolos en un fulminante barrido de sombra, dándole movimiento al gesto absorto, y actividad de continuo a la estupefacción idiota. Se habían puesto a comer, porque era más fuerte que ellos, pero cualquier cosa que hicieran los devolvía al centro de la fábula, donde la borrachera seguía multiplicándose. En la noche de una jornada de correría se presentaba un pintor a revelarles la verdad alucinada de lo que había pasado. Empezaron a gemir las lechuzas en los bosques profundos, y los indios aterrorizados quedaban fijados en remolinos de sangre y óptica. A la luz bailarina del fuego, sus rasgos dejaban de pertenecerles. Y aunque poco a poco recuperaron cierta naturalidad, y se pusieron a hacer bromas ruidosas, las miradas volvían imantadas a Rugendas, al corazón, a la cara. Él era el eje de lo que parecía una pesadilla despierta, la realización de lo que más había temido el malón en sus muchas manifestaciones en el curso del tiempo: el cuerpo a cuerpo. Rugendas, por su parte, estaba tan concentrado en los dibujos que no se daba cuenta de nada. Drogado por el dibujo y el opio, en la medianoche salvaje, efectuaba la contigüidad como un automatismo más. El procedimiento seguía actuando por él. De pie a sus espaldas, oculto en las sombras, vigilaba el fiel Krause.